KB043451

맨해튼 바나나걸

맨해튼 바나나걸

2015년 6월 20일 초판 1쇄 펴냄

글쓴이 | 장미
펴낸이 | 김준연
펴낸곳 | 도서출판 단비
편 집 | 최유정
등 록 | 2003년 3월 24일 제2012-000149호
주 소 | 경기도 고양시 일산서구 일중로 30 505동 404호(일산동, 산들마을)
전 화 | 02-322-0268
팩 스 | 02-322-0271
전자우편 | rainwelcome@hanmail.net

ISBN 979-11-85099-47-7   04810
      978-89-967987-4-3 (세트)
값 10,000원

*이 책의 내용 일부를 재사용하려면 반드시 저작권자와 도서출판 단비의 동의를 받아야 합니다.

국립중앙도서관 출판시도서목록(CIP)

맨해튼 바나나걸 / 글쓴이 : 장 미 ; — 고양 : 단비, 2015
p. ; cm

ISBN 979-11-85099-47-7 04810 : ₩10000
ISBN 978-89-967987-4-3 (세트) 04810

한국현대소설[韓國現代小說]

813.7-KDC6   CIP2015014836

맨해튼
바나나걸

장 미 소설집

단비
danbi

차례

○ ● ○

그렇지만 씩씩하게,
레몬씨

아빠한테서 메일이 왔다.

아빠가, 나에게, 메일을, 보내다니. 아빠가!

학교에서 돌아오니 웬일로 집에 아무도 없고 식탁 위에는 이모의 쪽지가 있었다.

'친구가 간단한 수술을 해서 잠시 병문안 다녀올게. 간식 먹고 쉬고 있어.'

옆에는 사과를 예쁘게 깎아서 그릇에 담아 랩으로 씌워둔 것과 삶은 감자, 요구르트가 쟁반 위에 놓여있었다. 이모는 나를 먹이는 일에 정말이지 엄청난 정성을 쏟는다. 아침이면 입맛 없다고 계란에 적셔 노릇노릇하게 구운 프렌치토스트나 핫케이크, 학교 다녀오면 오늘 같은 식의 간식에, 저녁밥도 꾹꾹, 학원 갔다 온 밤에는 가볍게 수프나 누룽지, 미숫가루라도 한 잔 마시고 자게 한다. 주말이면 감자탕, 월남쌈, 부추전 같은 별미를 만들어주고 과일과 비타민도 꼬박꼬박 챙겨준다. 열심히 먹이는 것밖에 해줄 게 없다는 듯 끊

임없이 무언가 먹을 것을 만들어주고 그걸 먹고 있는 나를 지긋이 바라본다. 이런 이모와 반년이 넘게 살았는데도 살이 안 찌는 게 신기하다.

사과를 포크에 꽂아 들고 무심코 책상 앞에 앉아 컴퓨터를 켰다가 헉, 심장이 멎을 뻔했다.

'아빠의 편지'

메일 제목이 '아빠의 편지'였다. 보낸 사람 ID는 전혀 낯선 것이었지만 아빠와 메일을 주고받은 적이 없었기 때문에 낯선 것은 당연했다.

아빠의 편지 / 2015. 3. 15

사랑하는 우리 딸, 우리 삐순이.

우리 공주님 열여덟 번째 생일을 축하하려고 아빠가 메일을 보낸다.

깜짝 놀랐지? 사실은 Y통신사의 '10년 후 편지' 서비스를 통해서 예약 메일을 작성해둔 거야. 사랑하는 사람에게 보내는 편지를 예약할 수 있다는 서비스 말이야. 아빠 마음 같아서는 열여덟 번째 생일뿐 아니라 앞으로 있을 모든 생일마다 축하 메일을 예약해두고 싶은데, 너도 알잖아, 아빠가 지금 이거 하나 쓰는 것도 박 간호사가 도와줘서 겨우 하는 거야. 그렇지만 아빠가 우리 딸 사랑하는 마음은 10년이 아니라 100년이 지나도 변함없단다.

오늘이 2014년 6월이니까, 우리 공주 생일인 2015년 3월에는 아마도 엄마와 둘이 지내고 있겠지? 어때? 좀 힘들어? 혹시 엄마한테 벌써 남친 생긴 거 아니야? 하하.

아빠가 이런 모습으로 먼저 떠나게 되어서 정말 미안해. 사실, 그동안 너하고 엄마에게 못되게 군 것 때문에 벌을 받아 이런 병에 걸린 걸까 반성도 하고 있어. 하지만 하늘에서 두 사람 지켜보면서 축복해줄 거야. 죽은 사람에게는 아무런 고통도 괴로움도 없잖아. 기쁨도 슬픔도 산 사람의 몫이지. 그러니 두 사람은 아빠 생각하며 슬퍼하지 말고 아름다운 세상 속에서 재미나게 열심히 살아가기 바라.

많이 웃고 즐거운 생일날 보내렴. 사랑한다. 그리고 이 말은 안 하고 싶었지만, 아빠 용서해줘. 쉽지 않겠지만, 아빠 용서해주면 네 마음도 한결 편할 거야.

우리 딸같이 예쁜 공주의 아빠라서 아빤 지금 너무 행복해.

나는 머리가 멍- 하고 정신이 없어서 몇 번이나 편지를 다시 읽어보았다.

그러고 나서야 깨달았다. 잘못 온 편지로군. 이런 미친!

어느새 1년이 다 되어간다.

엄청난 사고가 나고, 제대로 손도 써보지 못한 채 사람들이 죽어버리고, 시신이나마 찾은 사람들은 장례라도 치렀지만, 우리 아빠처럼 여태 '실종' 상태인 사람의 가족들은 무얼 어쩌면 좋을지 모른 채, 엉거주춤하게 뭔가를 기다리고만 있다. 그런데 무얼 기다리는 거지? 시신이 나타나서 아빠가 죽었다는 것을 확인하기를? 어느 순간 문득 '아아, 이제 더 이상은 아무것도 기다리지 않겠어.'라는 마음의 결심이 생기기를? 그래서 모든 걸 털어버리고 산뜻하게 새출발하게 되기를? 시간이 더 많이 흘러 아예 모든 기억이 흐릿해지기를?

그날 이후 엄마는 실종자 가족 대책본부에 출근하듯 나가 야근하듯 하면서 좀비처럼 살고 있다. 지친 엄마가 있어야 할 곳은 따뜻한 집 안인데도 차라리 몸이 힘들어야 마음은 편하다며 그러고 있는 거다. 나는 어쩌라고. 아빠도 사라졌는데 엄마까지 그러고 있으면 나는 어쩌라고. 그렇지만 엄마가 방에 앉아 눈물만 흘리고 있는 것보다는 무엇에라도 마음 붙이고 골몰하고 있는 게 내 마음도 편하다.

하지만 언제까지? 그래, 언젠가. 언젠가는 끝나겠지. 그 순간이 다가오면 알게 되겠지.

엄마와 내 앞에서는 조금도 슬픈 내색 없이, 부지런한 다람쥐처럼 열심히 왔다 갔다 하며 살펴주시던 우리 이모. 그런 이모네로 아예 짐을 옮겨 와 생활하고 있는 것도 반년이 넘어간다. 이모부도 불편하지 않을 만큼 석낭히 살뜰하게 챙겨주시고, 장난기 많은 사촌 오빠가 대학 1년을 마치지 않고 군대에 가서 졸지에 나는 행복한 가정의 귀염둥이 막내딸처럼 살고 있다.

인간의 적응력은 엄청나다. 말도 안 되는 상황에 적응해서, 이것이 또 하나의 일상이 되어 별 생각 없이 그럭저럭 살아가고 있다. 정확하게 말해서 '적응했다'고 할 수는 없을 것 같다. 적응했다는 건 뭘까, 처음엔 힘들었지만 이제는 괜찮아졌다는 의미인데 나는 아직도 처음 그때하고 똑같이 힘들고 변함없이 아프고 끔찍한 꿈 때문에 잠 못 자는 밤도 여전하니까. 하지만 그런 와중에도 배고파서 밥 먹고 개그 프로 보면서 킥킥 웃고 친구들하고 떠들면서 살아간다. 예전으로 돌아갈 수는 없겠지만 예전하고 대충 비슷하게 살아가고 있다. 이런 나를 신기하게 바라보는 눈길들이 있지만 그런 관심도 점점 사라지고 있다. 슬프지만 다행이다. 다행이지만 슬프다.

어쨌든, 그런데! 그렇게 살아가고 있던 중에 갑자기 이런 편지를 받았으니 지금 내가 기절을 안 한 게 용하지.

아빠가 사고로 실종된 건 작년 봄인데 지금 이 편지의 아빠는 그러고도 두 달쯤 뒤인 2014년 6월에, 아마도 심각한 병으로 죽음을 코앞에 두고 이 편지를 쓴 것 같다.

메일은 분명히 나의 ID인 lemon-c에게로 온 것이었다. 메일 계정을 만들 때 상큼한 느낌이 나는 lemonC(레몬C)라 하고 싶었는데 누군가 사용하고 있는 아이디라고 했다. lemon-C를 써봤더니 그것도 누군가 쓰고 있어 할 수 없이 lemon-c라고 했다. 그러니 이 편지를 받았어야 할 '우리 공주, 우리 삐순이'는 lemonC 아니면 lemon-C가 아닐까 싶다. 대문자에게 가야 할 메일이 소문자에게 온 거다. 심장마비를 견뎌내고, 생각이라는 것이 안드로메다로 날아가 멍- 하게 된 상태에서 간신히 추측해낸 것이다.

그런데 몇 가지 이상한 점이 있기도 하다.

오늘은 아니지만 보름만 있으면 나도 열여덟 번째 생일을 맞는다. 이 편지에 생일이 정확히 3월 며칠인지에 대한 말은 없다. 하지만, 많이 웃고 즐거운 생일날 보내라 했으니 편지를 예약해놓은 날인 오늘을 말하는 거겠지. 오늘은 3월 15일.

또 하나. 아빠는 나를 공주라고, 삐순이라고 부른 적 없었지만 아빠의 어이없는 행동에 내가 화를 낼 때 비슷한 대화를 주고받은 적이 있다.

"삐졌냐? 뭐 그런 걸 갖고 삐지고 그래?"

"삐진 게 아니라 화내고 있는 거야."

"그게 삐진 거지 뭘."

"삐진 건 별것도 아닌데 속이 좁아서 괜히 그러는 거고, 지금 이 상황은 분명히 아빠가 잘못을 해서 화를 내고 있는 거잖아. 말을 정확하게 하라고."

"너, 너무 그렇게 따지고 들면 이다음에 남자들이 싫어해."

"말 돌리지 말라고. 내 지갑에서 오천 원 훔쳐 갔잖아!"

"야, 솔직히 그게 다 내가 벌어온 내 돈이지, 니가 벌었냐? 크크크."

그때는 진심으로 화를 내며 싸웠었는데 지금 생각하니 눈물 나게 아름다운 순간이었다.

하여튼 그런 식으로 나에게 삐순이라는 말 비슷한 표현을 한 적 있었으니 어쩌면 이건 정말 우리 아빠가 나에게 보낸 편지일지도 모른다. 뭐, 1퍼센트 정도의 가능성은 있는 거 아닌가? 말이 안 되는 걸 알지만 어쩐지 자꾸만 믿어보고 싶은 내 마음.

보낸 사람의 ID는 greenkdh이다. green김도훈 정도 되려나? 우리 아빠 이름은 박민성. green하고도, kdh하고도 아무런 접점이 없다.

그래, 인정하자. 이건 우리 아빠가 내게 보낸 메일이 아니다. 잘못 온 메일이다. 내용만 봐도 알 수 있지 않나. 죽음을 앞두고 회한에 잠긴 아빠가 딸의 생일을 축하하려고 예약까지 해두었는데 하필이면 나 같은 아이에게 잘못 전달된, 아주 운 나쁜 메일이다. 내게는 세상의 운 나쁜 일들과 꼬이고 엮이는 자기장 같은 게 있다. 아니야, 그런 말 하지 마. 나쁜 말, 화내는 말, 삐딱하게 꼬아서 보고 까칠하게 날 세워서 하는 말. 그런 말 하지 마. 그런 생각 하지 마.

포크에 꽂은 사과가 갈색으로 변한 걸 보니 컴퓨터 앞에 앉아 한참을 있었나 보다.

언제 왔는지 이모가 옆에 다가와 머리를 쓸어주며 묻는다.

"우리 토끼, 학교에서 별일 없었어? 간식 왜 요것밖에 안 먹었어? 많이 먹어야지."

나는 얼른 컴퓨터 전원을 끄면서 이모에게 농담을 건넸다. 이모가 매일 나에게 하는 말.

"으응, 먹을게요. 먹는 게 남는 거잖아."

밤새 뒤척이며 생각에 생각을 계속하던 나는 학교에 가자마자 연수에게 상황을 설명했다.

연수와 연수네 엄마는 작년에 사고가 나서 엄마와 내가 거의 제정신이 아니었을 때에 누구보다도 살뜰하게 우리를 도와줬었다. 말로만 걱정해주며 속으로는 흥미진진한 뉴스거리 보듯 하는 사람들도 있었지만 연수네 엄마는 꼭 필요한 일, 그러니까 엄마와 내가 쓸생리대를 갖다 준다거나 어느 토요일에 연수와 나를 함께 미장원에데려가 머리를 잘라준다거나 하는 일을 해주셨다. 연수도 시험을앞두고 주요 내용을 정리한 노트를 만들어준다거나 엉엉 우는 내옆에서 몇 시간이고 함께 있어주었다. 예전에는 연수와 그렇게나 친한 편이 아니었는데 그때 이후로 우리는 특별한 친구가 되었다. 내인생의 친구라고 믿었던 혜빈이와 사고 이후 오히려 멀어진 것에 대한 얘기는 이제 생각하지 않기로 했지만.

"… 그래서, lemonC나 lemon-C에게 이 메일을 재전송해보려고."

"워워, 릴렉스. greenkdh가 너네 아빠 ID가 아닌 건 확실해?"

"그런 거 같아."

"너네 아빠 메일 ID는 뭔데?"

"몰라."

"너네 엄마한테 물어보면, 안 되겠지?"

"어휴, 엄마는 건드리지 마."

"그치? 그렇담 greenkdh에게 답장부터 보내봐."

"답장을?"

"응. 편지를 받았으니 답장을 써야지."

하지만 greenkdh는 죽었을지도 모르는데, 사람이 죽어도 그 사람의 메일 계정은 남아있는 건가? 만약에 작년 6월에는 죽을 것 같았던 greenkdh가 기적적으로 살아있다면, 그렇다면 내 답장을 받을 수도 있겠지? 그런데 무슨 말을 쓰지? greenkdh님, 당신은 박다영의 아빠 박민성 씨인가요? 그래, 맞아, 다영아, 아빠야, 아빠. 아빠가 우리 다영이 생일을 앞두고 편지를 보낸 거야… 이럴 리는 없겠지?

re: 아빠의 편지 / 2015. 3. 16

greenkdh님.

저는 lemon-c입니다.

님께서 보내신 메일을 받았는데, 아무래도 저는 greenkdh님의 딸이 아닌 것 같아서요. 따님의 메일 ID가 lemon-c가 확실한가요? lemonC나 lemon-C가 아닌지 확인해보세요. 어쨌든 greenkdh님의 딸이 조금 부럽네요.

사고가 나고 몇 달이 지나도록 엄마와 나는 가끔 아빠 핸드폰으로 전화를 걸었었다. 고객께서 전화를 받지 않아 음성사서함으로 넘어간다는 안내가 나오면 가만히 기다렸다가 음성메시지를 남기기도 했다. 아빠, 왜 전화 안 받아? 아빠, 연락 좀 해. 아빠. 아빠.

'1' 표시가 남아있는 카톡 메시지가 쌓이던 어느 날 '1' 표시가 없어진 것 같아 깜짝 놀라 눈을 부비고 다시 보니 여전히 '1' 표시가 있어 순간이었지만 심장이 덜컥 흔들리던 날도 있었다. 그래도 메일을 보내볼 생각은 안 해봤는데 아빠일 확률 2퍼센트도 안 되는 greenkdh에게 답장을 쓰려니 왜 이렇게 떨리는지 모르겠다.

하지만 소화가 안 되도록 떨면서 긴장하던 마음은 다 부질없는 짓이었다.

잘못된 메일 계정이라며 greenkdh에게 보낸 편지가 다시 내 수신함으로 되돌아온 것이다.

greenkdh님의 딸이 조금 부럽네요, 라고 쓴 마지막 문장을 가만히 보다가 나는 lemon-C와 lemonC에게 메일을 쓰기로 했다.

lemon-C님에게 / 2015. 3. 17

lemon-C님, 안녕하세요.

저는 lemon-c라고 합니다.

제가 greenkdh라는 분에게서 메일을 하나 받았는데 아무래도 그것이 lemon-C님에게 가야 하는 메일인데 저에게 잘못 온 것 같아 확인하려고 메일을 씁니다.

혹시 greenkdh님을 아시나요?

lemon-C님의 생일은 언제인가요?

확인이 되면 greenkdh님에게서 받은 메일을 전송해 드리겠습니다.

똑같은 메일을 lemonC에게도 보내놓고 멍하니 앉아있다 엄마에게 전화를 걸었다.

"응, 다영아."

"뭐 해?"

"여기 사람들이랑 뜨개질하고 있어."

"뜨개질?"

"응, 조그만 모자를 떠서 미숙아들을 위해 병원으로 보내는 거야. 미숙아로 태어난 아기들이나 조금 아픈 아기들에게 털모자 하나만 씌워줘도 건강해질 확률이 엄청 높아진대."

"훌륭하네. 내 것도 하나 떠줘."

"당연하지, 우리 다영이 건 버얼써 뜨고 있지."

"정말?"

"그럼. 우리 딸 생일 얼마 안 남았잖아."

"어, 기억하고 있었네?"

"당연히 기억하지. 엄마한테 제일 중요한 날인데."

"에이, 생일이 별건가. 뭐, 필요한 건 없어? 내가 갖다 줄게."

"아니야, 요즘은 집에 잘 들어가."

"그럼 여기로 오지, 왜 안 왔어?"

"거긴 이모부 계시잖아. 집에서 혼자 쉬는 게 더 편해."

"그럼 내가 집으로 갈게."

"너는 공부하고 학원도 가야 되잖아. 주말에 보자. 밥은 잘 먹고 다녀?"

"엄청 잘 먹고 다녀. 이모가 완전 나를 사육하고 있다니까."

"니가 잘 지내고 있어서 엄마 마음이 한결 좋아."

"그래, 엄마도 밥 잘 먹고 잘 지내."

"그래. 우리 딸, 사랑해."

"응, 엄마, 나도 사랑해."

전화를 끊고 나니 슬픈 것도 아닌데 눈물이 조금 나왔다. 엄마하고 통화를 하면서 닭살 돋는 말을 해서 그런가. 가족끼리 서로 사랑한다, 잘 지내라, 같은 말을 하다니, 쑥스러워서 못 하겠다는 사람들이 많다. 우리도 그런 사람들이었지만 이제는 그렇지 않다. 사랑한다는 말을 제때에 제대로 하지 않으면 평생 가슴에 한이 남을 수 있다는 걸 알게 됐기 때문이다.

사흘이 지나도록 두 사람 다 메일을 열어보지 않자 팽팽하게 긴장됐던 마음이 조금씩 느슨해지면서 대신 이런저런 의혹과 안 좋은 방향의 상상들이 떠오르기 시작했다.

무슨 일일까? 왜 메일을 열어보지 않는 걸까? 아빠 돌아가시고 뭔가 더 안 좋은 일이 생겼나? 전자메일이 아니라 잘못 배달되어 온 편지라면 직접 그걸 들고 어떻게든 집으로 찾아갈 텐데. 난 이렇게 대답 없는 사람, 답을 모르는 상황 정말 싫은데!

어쩔 줄 모르는 마음에 안절부절 못하고 있는데 드디어 lemon-C에게서 답장이 왔다.

re: / 2015. 3. 21
greenkdh는 울 아빠고 제 생일은 며칠 전에 지났음다.
후아유? 메일을 보내주셈.

아, 맞는 것 같다.

나는 얼른 greenkdh로부터 받은 메일을 재전송했다. 그러면서 짧은 말을 덧붙였다.

안녕하세요 / 2015. 3. 21
레몬씨 대문자님.

그럴 의도가 없었는데 님에게 소중한 메일을 제가 먼저 읽게 되어 죄송합니다.

그래도 이렇게 본인을 찾게 되고 메일을 전해주게 되어 기쁘네요.

늦었지만 생일 축하드려요. 아빠에게서 생일을 축하하는 예약 메일까지 받으시다니 레몬씨 대문자님은 행복한 사람입니다. 레몬씨 소문 자로부터.

추신. 저도 며칠 있음 열여덟 번째 생일이랍니다.

돌아가신 아빠로부터 미리 예약해둔 생일 축하 편지를 받게 된 '레몬씨 대문자'가 얼마나 기뻐하고 있을지 상상해보는 것만으로도 내 마음이 따뜻해졌다.

전에는 몰랐는데, 내가 아닌 다른 누군가를 위해, 나하고는 상관 없는 세상을 위해 무언가 작은 일이라도 하고 나면 의외로 꽤 큰 기쁨을 느낄 수 있다는 걸 알게 됐다. 그래서 예전 같았으면 오지 랖이라고 생각했을 만한 일도 이제는 그냥 지나가지 않고 끼어드는 것이다. 약간의 부끄러움이나 귀찮음 따위는 중요한 게 아니다.

하지만 다음 날 도착한 레몬씨 대문자의 메일은 그런 내 마음에 찬물을 끼얹은 것 같았다.

re: 안녕하세요 / 2015. 3. 22

레몬씨 소문자에게.

나와 동갑이라니 반말해도 괜찮겠지?

아빠에게서 생일 축하하는 예약 메일을 받으니 행복하겠다고라?

잘못 온 메일을 읽고 주인을 찾아주려 애쓴 건 고맙지만 말이야, 슬 프고도 감동적인 드라마 같은 걸 상상하고 있다면, 아흑, 착각이라고 말해주고 싶네. 난 그렇게 좋은 아빠 밑의 행복한 공주가 아니었⋯. 쿨럭.

어쨌든 너도 생축. 너야말로 좋은 아빠한테서 제대로 된 축하 받겠지만 말이얌. ㅋㅋㅋ

아, 화가 난다고 하기엔 조금 서러운, 슬픔이라고 하기엔 뭔가 더러운 기분이 몰려왔다. 그 전에는 하지 않았던 것 같은데 작년부터 부쩍 자주 드는 생각, 한 번씩 소리치고 싶은 말이 또 한 번 솟구쳐 올랐다. 다들 나한테 왜 이래?!

당연한 말이지만, 우리 집에 말도 안 되는 엄청난 일이 닥치기 전에 나는 그야말로 아무것도 모르는 철부지 천둥벌거숭이였다. 그 전에는 무슨 일이 있어 그렇게 화를 내며 씩씩대고 스트레스 받아 괴로워하고 속상해서 우는 날도 있었는지 모르겠다. 아빠와 같이 살던 그 시절로 돌아갈 수 있다면 나는 세상에서 가장 행복한 사람으로 살아갈 수 있을 것 같다.

시간에 대해 내가 바라고 상상하는 세 가지. 시간을 되돌릴 수 있다면, 그래서 시간을 멈춰놓을 수 있다면, 아니면 지금 이 시간을 아주 빠르게 휙휙 넘겨버릴 수 있다면.

하지만 어느 것 하나 이뤄질 수 없는 멍청한 꿈이고, 지금의 나는 갑자기 세상만사를 다 경험해버린 늙은이가 된 것만 같다. 사람들이 남의 일이라면 아무리 큰 불행이라도 '어우, 안 됐네⋯.' 하면서 잠시 관심 가져주는 이상 내 일처럼 동감할 수는 없다는 걸 알았다. 남의 집 아빠가 불의의 사고로 죽는 일보다 우리 집 강아지 아픈 게 더 큰일이라는 것도 알았다. 이웃의 불행이 안타깝고 불쌍하지만 그로 인해 나에게 조금이라도 귀찮거나 거북한 얘기가 들려오면 짜증을 내며 외면할 수밖에 없다는 것을 알았다.

그 사람들을 원망하는 게 아니다. 나는 누군가를 욕하고 원망할 자격이 없다.

하지만 그래도 종종 내 마음속에서 화산처럼 터져 나오는 한마디. 나한테만 왜 이래?! 내가 뭘 잘못했다고, 어떻게 나한테 이럴 수가 있어?!

그나마 레몬씨 대문자는 나를 전혀 모르는 상태에서 한 말이니 어찌 보면 내가 속상해할 게 없는 편이다. 이유는 모르겠지만, 지금 진짜 속상해하고 있는 건 레몬씨 대문자인 것 같으니. 하지만 왜. 왜 하필 나에게 잘못된 메일이 왔으며, 왜 하필 나는 그걸 그냥 지워버리지 않고 열심히 레몬씨 대문자에게 전달해줬으며, 레몬씨 대문자는 무슨 사연이 있기에 나에게 저렇게 까칠한 답장을 보내온단 말인가.

이런 식의 안 좋은 경험이 한두 번이 아니었기에 처음에는 그냥 외면하며 지워버리려 했다. 하지만 연수가 툭 던진 한마디가 가시처럼 마음에 걸려 자꾸만 나를 건드렸다.

"그 기집애, 완전 싸가지 아니야? 아빠가 아파서 돌아가실 지경인데도 생일 축하 메일을 예약해서 보내줬으면 고마운 줄 알아야지 어디서 그딴 소리를 해? 야, 그냥 잊어버려. 걔가 너만큼 인생을 알 겠냐?"

물론 연수는 나를 위로하려고, 좋은 뜻으로 한 말이라는 걸 안 다. 하지만 인생에 대해 조금이라도 더 안다면 연수보다는 레몬씨 대문자가 아닐까. 적어도 연수는 가족을 잃은 아픔은 없었으니까. 어쩐지 나는 연수 앞에서 레몬씨 대문자를 변호해주고 싶은 마음 이 들었다.

단지 아빠와 똑같은 점퍼를 입었다는 이유만으로 모르는 아저씨 를 몰래 따라가 본 적이 있다. 그러다 혼자 울면서 낯선 골목을 되 돌아 나온 적이 있다. 레몬씨 대문자도 그런 적이 있을 텐데. 연수 에게는 없는 경험, 연수는 절대 알 수 없는 마음이겠지만.

며칠 동안 속으로 생각을 가다듬은 후 나는 한 번만 더 그 아이 에게 메일을 쓰기로 했다.

레몬씨 대문자에게 / 2015. 3. 25

내가 모르는 스토리가 있나 보군.

슬프고도 감동적인 드라마 같은 건 나도 딱 질색이야. 그런데도 처음 '아빠의 편지'라는 메일 제목을 보면서는 나에게 드라마 같은 일이 생겨난 줄 알고 잠시 기절할 뻔했어. 나에게도 네가 모르는 스토리가 있거든.

나로서는 이런 메일을 받았다는 것 하나만으로도 네가 부러워.

내 메일을 받고 레몬씨 대문자는 어떤 생각을 할까.

내가 메일을 쓴 이유는 하나다. 레몬씨 대문자가, 감동적인 써프라이즈 메일을 받고도 꽁- 하니 마음을 싸매고 있는 그 아이가 힘들게 웅크리고 있는 마음을 조금이라도 펼 수 있기를 바라는 거다. 왜냐하면, 내가 엄청난 쓰나미를 겪고 보니 웬만한 파도에 시달리는 것쯤은 파이팅! 하며 넘어갈 법한데 그러지 않는 사람이 많다는 걸 알게 됐기 때문이다. 말해줘 봐야 실감 못 하겠지만 그래도 알려주고 싶은 거다. 이상한 말이지만, 그들이 아직은 얼마나 행복한지를 알려주는 동안엔 나의 불행에도 희미한 빛이나마 비춰지는 것 같은 느낌이 든다.

아주 작고 희미한 빛이라도 나에게는 소중하다. 따뜻한 온기가 느껴지고 여린 희망의 싹이 뾰족, 얼굴을 내미는 순간. 무겁고 어두운 내 마음의 방에 잠시나마 환기가 일어나는 짧은 순간. 더 이상은 숨을 쉴 수가 없어 죽을 것 같은 때에 훅- 하고 신선한 공기가 들어오는 순간. 그런 순간이 필요하다.

탈수증에 빠져있는 사람에게 간간이 한 모금씩의 물을 준다면 죽지 않고 살 수가 있다. 목마름이 해결되지는 않겠지만, 그래도 죽지는 않을 거다.

잘못 온 메일의 주인을 찾고, 어떤 이유에서인지 마음을 닫고 있는 한 아이를 외면해버리지 않고 말 걸어주는 것. 얼굴도 모르는 아기들을 위해 하루 종일 찬 바닥에 앉아 뜨개질을 하는 것. 손이 마를 새가 없도록 부엌일을 하며 계속해서 먹을거리를 만들고 있는 것. 이런 것들은 모두 우리에게 한 모금의 물 같은, 작지만 착한 의미가 있는 게 아닐까.

레몬씨 소문자에게 / 2015. 3. 27

이런 메일을 받았다는 것 하나만으로도 내가 부럽다, 고 쓴 걸 보니 너란 아이, 좋은 환경에서 착하게 잘 자라나고 있는 어여쁜 소녀인 듯? ㅋㅋㅋ 아, 너도 아빠와 관계 있는 힘든 스토리가 있는 것 같지만, 솔까말 세상에 스토리 없는 닝겐이 누가 있냐.

자세히 말하긴 쫌 어려운데, 우리 아빠는 죽기 전에 주위 사람들을 깜짝 놀라게 하는 반전 드라마를 쓰신, 사람이 죽을 때가 되면 변한다는 말이 정말이라는 걸 몸소 보여주신 분이심. 오죽하면 내가 아빠에게 개가천사라는 별명을 붙여주었지. 개가 변해서 천사가 된다는, 켁.

여튼 그래서 나는 아빠의 메일에도, 너의 메일에도 아무런 감흥이 없다네. 자꾸만 깨는 소리를 해서 미안하지만. ㅋㅋㅋ

그래도 나를 부러워한다니 어쩐지 쫌 자랑스러운걸. 여태까지 나를 부러워한 사람은 아무도 없었거덩. 고마워, 착한 친구. ㅎㅎ

레몬씨 대문자에게 / 2015. 3. 27

넌 어디에 사니? 어느 학교에 다녀? 난 금화동에 살고 명은여고에 다녀. 너무 멀지만 않다면 너를 직접 만나보고 싶은데. 거절할 것 같아 한참 망설였지만 용기를 내어 말해보는 거야. 사흘만 있으면 내 생일인데, 내가 메일을 전해준 보답으로 우리 한번 만나보면 안 될까?

re: / 2015. 3. 29

소문자님 보시오소서.

이렇게나 애타게 나를 만나려는 이유가 무엇인가염? 저는 여자에게는 관심이 없사옵니다. ㅋㅋㅋ 거절하면 계속 졸라댈 거 같기도 하고, 나도 너가 쪼끔 궁금하기도 하니, 뭐, 정 그렇다면 토요일 2시에 수정동 복지회관 앞으로 오셔. 내 미모에 깜놀할 각오를 하고 오는 게 좋을 듯. 키득키득.

왜 이렇게 이 아이를 직접 만나보고 싶은 건지 모르겠다.

일부러 삐딱하게 구는 모습이 속속들이 이해되어 안쓰럽기도 하고, 이런저런 사연이야 뒤로 하고 어찌됐든 아빠에게서 마지막 연락을 받았다는 것 때문에 관심이 솟구쳐 오르면서 뭔가 끌리는 마음이 드는 것 같다.

나도 아빠에게서 마지막 메시지를 받을 수 있었다. 그날 혜빈이와 노래방에서 떠들고 놀지만 않았더라면. 아빠가 절체절명의 순

26

간에 간신히 나에게 전화를 한 건데 그것도 모른 채 내가. 남자 친구와 헤어진 혜빈이를 위로한답시고 아빠 전화를 그냥 꺼버리다니. 나중에 얘기하면 된다고, 중요한 얘기도 아닐 거라고 그렇게 말했다, 내가, 내가!

그러고 나서 애꿎은 혜빈이에게 독한 말을 해 평생의 친구마저 잃어버리고, 몇 달 동안이나 내가 한 짓은 아무에게도 말 못하고, 혼자 속으로만 '나쁜 년, 미친 년!' 나 자신에게 욕을 해대면서 죽을 만큼 힘들어했었는데. 그러다가 '네 잘못이 아니야. 누구의 잘못도 아니야.'라는 이모의 한마디에 결국 먹은 걸 다 토하면서까지 울고 났더니 가슴을 짓누르던 돌덩이가 아주 조금쯤 가벼워졌었다.

연수에게도 다 말하지 못했던 얘기들을 이 아이에게는 할 수 있을 것 같다. 그렇지 않더라도 이 아이는 어떤 모습으로, 어떤 방법으로 아픔을 헤쳐가고 있는지 알아보고 싶다.

컴퓨터를 끄고 물이나 한잔 마시려고 나갔는데 주방에서 이모가 또 무얼 하고 있다.

"안 주무시고 뭐 해?"

"으응, 내일 아침에 먹을 미역국 좀 준비해두는 거야."

"미역국?"

"내일 우리 토끼 생일이잖아."

이모가 내 궁둥이를 토닥토닥 두드려주며 말했다.

"아우, 괜찮아. 주말에 엄마랑 같이 밥 먹기로 했잖아요."

"그날은 니네 엄마 좋아하는 걸로 차리고 내일은 우리 토끼 좋아하는 걸로 해주려고."

"어이구, 됐어요. 이모 때문에 내가 살이 얼마나 쪘는지 몰라."

"살은 무슨 살. 잠을 못 자서 그런가 밥을 먹어도 삐쩍 말랐어, 너, 진짜."

"아니야, 요즘은 잘 자. 괜찮아요."

"그럼. 괜찮지. 다 괜찮아, 다영아."

참기름을 두르고 미역과 고기를 한데 볶아 곰국처럼 뽀얗게 국물을 우리고 있는 이모를 뒤로 하고 방으로 들어와 살며시 문을 닫았다. 불은 그대로 켜둔 채 침대에 누워 이불을 코 밑까지 끌어당기고 가만히 눈을 감으니 무서운 그림들이 눈앞에 흘러가고 끔찍한 소리들이 귓가를 떠돈다. 아니야. 괜찮아. 다 괜찮을 거야.

어쩌면 오늘 밤 아빠가 나를 찾아올지도 모른다. 누구보다도 먼저 내 생일을 축하해주려고, 깜짝 선물처럼 꿈을 통해서. 예약 메일을 보내진 못했지만 이 정도는 해주고 싶었어, 다영아. 꿈에라도 나와서 웃는 얼굴 한 번 보여주는 것. 그런데 정말 이것도 쉽지가 않네. 아니야, 아빠. 그 마음 다 알아. 아빠 전화 못 받은 거 정말 미안해. 하지만 아빠도 내 마음 다 알잖아.

토요일이 되어 오랜만에 엄마가 이모네로 와서 모처럼 젓가락 부딪혀가며 밥도 같이 먹고 아기처럼 엄마가 손톱까지 깎아주니 마음이 따뜻하고 좋았다. 엄마 얼굴은 조금 나아 보였다. 이제 그만 집에 들어와서 가게 일이나 도와달라는 이모부 말에 살짝 고개를 끄덕이기도 했다. 오후에는 엄마랑 이모가 파마하러 간다기에 나도 잠시 친구를 만나기로 했다며 집을 나섰다.

버스와 전철을 갈아타며 열심히 수정동 복지회관을 찾아갔는데, 저 앞에 복지회관이 보이고 주차장 겸 마당에는 벚나무가 늘어서 있는데, 한쪽 옆에 뚱뚱한 여자아이가 보이는데, 그런데 어쩌지. 그 아이는 휠체어에 앉아있다. 무릎담요 아래로 보이는 가느다란 두 다리가 고무 인형의 그것처럼 이상한 모양으로 축 늘어져있다. 하지만 일부러 그늘이 없는 자리에서 얼굴을 하늘 향해 젖히고 눈을 찡그린 채 입을 크게 벌리고 있는 모습은 햇볕을 받아먹고 있는 나무처럼 튼튼해 보인다. 충전 중이구나, 레몬씨 대문자.

만나러 오길 잘 했어. 나란히 앉아 햇볕을 쬐며 별거 아닌 얘기들을 나누다 보면 요즘 내가 좋아하는 '그렇지만 파워'가 더 강해질 수 있을 것 같다.

요즘 내가 자주 생각하는 말. 그렇지만. 그럼에도 불구하고.

그렇지만 나는 웃는다. 그렇지만 나는 일어선다. 그렇지만 나는 걸어간다. 그럼에도 불구하고 나는 살아간다.

나는 스토커가 아니다. 나는 그저 블랙을 사랑하는 한 사람일 뿐이다. 블랙도 한때는 나를 사랑했다. 그랬는데 이제는 나를 향해 스토커라고, 미친년이라고, 꺼지라고 소리쳤다. 왜 이렇게 됐는지 정말 모르겠다.

블랙을 처음 만났던 날이 아직도 생생하게 기억난다.

커피랑 녹차 같은 게 떨어져서 사가지고 들어왔는데, 숍의 문을 열고 들어서는 순간 다른 모든 사람들은 안개처럼 뿌옇게 흐려지며 배경이 되어버리고 저 안쪽에 앉아있는 블랙의 모습만 또렷하게 보였다. 그때 블랙은 옆에 있는 누군가와 얘기를 하고 있었는데, 살짝 옆으로 돌린 조그만 얼굴과 신비스럽도록 짙푸른 빛이 감돌며 반짝이는 머리칼, 하얗고 긴 손가락을 무심하게 허공 속에 흔들고 있는 모습이 내 눈 속에 사진처럼 찍혔다.

남자도 아닌 블랙에게 첫눈에 반했다는 따위의 유치한 표현을 하고 싶지는 않다. 다만 그녀를 처음 봤을 때 지구에서는 볼 수 없는 특별한 존재를 본 것 같아 신기하고 놀란 마음이 들었다. 처음엔 그저 그뿐이었다.

실제로 만나기 전까지 내가 블랙에 대해 알고 있는 건 많지 않았다. 모델 출신 가수답게 몸매가 드러나는 딱 붙는 검은 옷을 주로 입는다는 것, 남자처럼 짧게 커트한 머리칼은 에메랄드 블랙으로 염색했다는 정도. 블랙의 노래를 들어본 것 같긴 한데 정확히 알고 있는 건 아니었고, 티비에서 본 적이 있긴 하지만 좋아하며 관심 있게 본 것도 아니었다.

클레어 원장님이 관리하는 연예인이 몇 명 있어 숍에서 티비에 나온 사람들을 본 적이 있었지만 나는 워낙 그런 쪽에 별 관심 없었다. 아이돌에도 관심 없었고 특별히 좋아하는 연예인도 없었다. 일본 애니메이션이나 웹툰을 좋아해서 밤을 새고 본 적은 있지만 연예인에는 흥미 없었다.

그러다가 블랙을 처음 본 순간, 어쩐지 조금 충격을 받았다고 해야 할까? 그러고 나서 헤어와 메이크업을 하는 몇 시간 동안 자일리짱을 열 개는 넘게 빨아먹는 그녀의 모습을 보고 더욱 블랙에 대해 궁금한 마음, 좀 더 알아보고 싶은 마음이 들었다.

블랙이 자일리짱 광고를 찍은 건 알고 있었다. '시크한 그녀가 선택한 무설탕 자일리톨 캔디, 자일리짱'

어느 매체와 인터뷰를 하면서, 자신이 애정결핍 때문에 뭔가를 계속 입에 넣고 빨고 있어야 기분이 좋아지는데 자일리짱이 단맛이 없고 상쾌해서 자주 먹는다고 말한 뒤 광고를 찍게 되었다는 스토리도 알고는 있었다.

하지만 그게 진실일 줄이야. 연예인들이 방송에서 하는 이야기는 아무것도 믿지 않았는데 블랙의 얘기는 정말이었다. 그녀는 자일리짱 중독자였다.

나는 그 느낌을 안다. 블랙에게 자일리짱이 있듯이 나에겐 츄파춥스가 있기 때문이다. 친구도, 가족도, 의미 있는 사람은 아무도 없었지만 내가 완전히 혼자가 되지 않을 수 있었던 건 츄파춥스 덕분이었다.

초등학교 3학년 때까지 손가락을 빨고 다녀 놀림을 받았던 나는 언제부턴가 손가락을 막대사탕으로 바꾸었다. 담배를 끊으려고 그러는 거라 말한 적도 있었다. 하지만 센 척하느라 거짓말한 거였다. 주머니나 가방 안에 항상 츄파춥스를 몇 개씩 넣어 다니다가 마음이 울적하고 쓸쓸해지면 하나 꺼내서 빨아본다. 가느다란 막대기를 잡고 동그란 사탕을 살살 돌려가며 빨다 보면 달콤한 물이 입안에 퍼지면서 울고 싶던 기분이 스르르 좋아진다. 마음이 안정되면서 좋은 생각이 떠오르기도 했다.

그러니 블랙이 미친 듯이 주머니를 뒤지며 자일리짱을 찾는 마음을 나는 이해하는 것이다.

처음에 나는 블랙의 팬카페에 가입해볼까 싶어 찾아봤다가 그녀를 좋아하는 사람들이 엄청나게 많은 걸 알게 되어 조금 놀라고 기분이 나빠졌다. 맹목적이고 비정상적으로 보일 만큼 그녀를 좋아하는 수많은 사람들과 똑같아질 수는 없었기에 카페 가입은 관두기로 했다. 그렇지 않나? 팬카페 멤버 대부분은 블랙을 가까이에서 본 적도 없을 거다. 블랙의 향수 냄새를 맡아본 적도 없을 거고, 스모키 화장을 하지 않은 블랙의 생얼을 본 적도 없을 거다. 그런 사람들과 내가 똑같은 레벨의 회원이 될 수는 없다.

대신 인터넷을 뒤져 그녀에 대한 기사를 모두 찾아보거나 숍에 있는 디자이너 선생님들에게 은근히 물어 블랙의 개인사를 하나씩 알아나갔다. 그러면서 나는 다시 한번 깜짝 놀라지 않을 수 없었다. 그녀와 나 사이에는 공통점이 너무도 많았던 것이다.

블랙의 본명은 정유진. (내 이름은 이유나. 유진과 유나. 오오, 그녀가 내 친언니라면.)

부모님이 이혼 후 각자 다른 곳으로 떠나버려 초등학생 때부터 할머니 밑에서 어려운 일을 많이 겪었다. 일찌감치 철이 들어 나이를 속이고 어릴 때부터 여러 가지 아르바이트 많이 했고. 모델 시절에도 그랬고 J기획사 연습생 때에도 자기 관리 면에서 독하기로 치면 최고였다는 것이나, 어정쩡한 학벌보다는 경제적으로, 현실적으로 도움이 되는 길을 택하겠다며 고등학교를 자퇴했다는 이야기. 어느 정도 나이가 들어 오히려 배움에 대한 열망이 간절해졌을 때 대학에 다니겠다는 계획이나, 평범하고 행복한 가정을 꾸리고 살아가는 사람이 가장 부러워 보인다는 속내를 털어놓은 것. 그런데도 마음의 여유가 없어서인지 연애 경험도 없고 연예계 안에서 친한 친구도 없이 혼자인 편이라는 고백 등 블랙에 대한 모든 것을 알게 되면 될수록 나는 말로 설명하기 힘든 묘한 기분이 느껴졌다.

'우린 너무 많이 닮았어!'

초등학교 1학년 때인데도 이상하게 부모님이 이혼을 하던 즈음의 일들은 기억이 안 난다. 다만 겨울방학이 끝나고 봄방학을 앞둔 어느 날, 엄마가 언니와 나를 데리고 급하게 이사를 한 뒤 전학을 갈 거라고 했던 일만 또렷이 생각난다. 예전 동네 친구들과 작별 인사를 할 시간도 없었다. 어차피 친구도 없었지만.

낯선 동네, 낯선 학교에서 2학년에 올라갔는데 어쩐지 학교에 처음 입학했을 때처럼 어리바리한 기분으로 몇 달을 보냈다. 수업이 끝나면 5학년 교실 앞에 서서 언니를 기다렸다. 하지만 언니가 친구들과 함께 우르르 몰려나와 나를 밀치고 달려가 버리면 혼자서 운동장 가장자리를 터벅터벅 걸어가곤 했다.

나는 늘 이것도 나쁘지 않다고 마음을 다독였다. 보도블록의 금 부분은 밟지 않는다거나 횡단보도 앞에 멈추기 전에는 오른발을 마지막으로 내디뎌야 된다거나 하는 식의 규칙을 정해 거기에 집중해서 걸어가다 보면 혼자 가는 길도 재미있었다.

그렇게 초등학교, 중학교를 지내고 고등학교에 입학한 지 얼마 지나지 않아 나는 자퇴하기로 결심했다. 고등학교 1학년 1학기 기말고사를 치르던 어느 날. 시험 기간이라 다들 일찌감치 돌아가고 아무도 없는 운동장에서 츄파춥스를 입에 물고 혼자 구름을 보며 서 있던 나는 더 이상 참아내지 않겠다고 결정한 것이다.

아무 생각 없이 고등학교에 들어와 한 학기를 지내보니 어차피 내가 대학에 가기는 글렀다는 걸 알게 됐다. 대학에 꼭 가고 싶은 것도 아니라는 생각도 들었다. 난 공부도 못하고 공부하는 걸 좋아하지도 않는데 왜 꼭 대학에 가야 하나? 대학에 가지 않기로 하자 고등학교도 다닐 필요가 없어졌다. 고등학교는 그저 대학에 가기 위한 준비 과정 아닌가. 아니라고, 이것은 하나의 사회인데 학교에 다녀야 친구도 있고 우정도 쌓고 추억도 생기는 거라고 담임이 말했다. 친구? 난 친구 없는데? 추억은 무슨 추억? 쓰레기 취급받고 식충이 소리 듣는 추억? 담임이 앞에 앉아있었지만 난 눈알을 사팔뜨기처럼 모으며 내 코끝을 보는 일에 집중했다. 이렇게라도 하지 않으면 어른에게 버릇없이 말대꾸하는 싸가지가 되기 때문이다. 공손해서 이쁨 받는 스타일은 아니지만 예의가 뭔지도 모르는 사람은 아니다, 내가.

담임의 부름을 받고 학교에 온 엄마는 밝은 얼굴로 쿨하게 한 마디 했다.

"아유, 지 인생인데 지가 알아서 하겠죠, 뭐. 너무 걱정 마세요, 선생님."

'친엄마 맞아? 새엄마 아니야?'

담임은 황당하다는 표정으로 나를 돌아봤고 나도 눈빛으로 대답했다.

'어쩌라고?'

그렇게 해서 자퇴는 마무리되었고 미리 알아뒀던 헤어 학원에 등록하는 것으로, 뭐랄까, 나의 새 인생이 시작되었다. 대단한 헤어 디자이너가 되겠다는 꿈이 있는 건 아니었지만 미용 쪽으로 관심도 있고, 어려서부터 손재주 좋다는 얘기를 많이 들었기에 잘할 것 같기도 했다. 헤어 디자이너 자격증을 따고 메이크업도 배워 일찌 감치 취직을 하는 게 여러모로 낫겠다는 내 의견에 엄마가 쉽게 동의해준 것이다.

"엄마가 이렇게 트인 사람이라 얼마나 고맙냐? 그치?"

엄마는 시원시원하게 말하면서 고등학교 자퇴 서류와 미용 학원 수강증과 나를 길에 두고 차를 몰고 가버렸다. 보험 아줌마를 그만 두고 정수기 코디 아줌마를 시작하면서 할 수 없이 장만한 소형차 였다. 처음 차를 살 때에는 우는 소리를 하며 구입하더니 막상 차 가 생기자 엄마는 차를 타고 갈 데도 많고 만날 사람도 많았다. 주 말에 딸들을 옆자리에 태우고 놀러 간다거나 교외라도 나가보는 데 에는 조금도 시간을 낼 수 없었다. 하긴 언니도 나도 가족과 함께 주말을 보내고픈 마음이 있었던 건 아니었으니.

어쩐지 말하기 쑥스럽지만 사실 나의 꿈은 작고 예쁜 꽃집을 꾸 려가는 것이다.

드라마 같은 데에 나오는 부잣집이나 행복한 집처럼 식탁에도 작은 꽃병에 꽃을 꽂아두고 창가에 귀여운 화분도 놓아두고, 그렇게 살고 싶은 거였다.

하지만 그게 현실적으로 쉬운 얘기가 아니라는 것도 알고 있다. 그건 그냥 꿈이다. 어둠을 밝히며 예쁘게 어룽대는 촛불처럼, 보기에는 좋지만 직접 손을 댈 수는 없는.

그래서 학교를 자퇴한 거다, 꿈이 아닌 현실을 위해서.

언젠가는 검정고시를 봐서 야간대학이라도 졸업하고 뷰티숍을 열겠다는 계획이 있긴 했다. 하지만 그건 그저 현실적인 인생 계획일 뿐 꿈이라고 말할 만한 것은 아니다. 꿈이라 하면, 꽃다발을 파마머리처럼 풍성하게 만들어 헤어숍 군데군데에 놓아두는 것? 파마약 냄새가 아니라 꽃향기가 나는 미용실을 만들겠다는 것? 실제로 별 도움이 되진 않지만 아름답고 낭만적인 그 무언가가 깃들어 있어야 꿈이라고 할 수 있는 게 아닐까? 비록 지금 나에게는 츄파춥스의 달콤함 정도밖에 누릴 수 있는 꿈이 없지만 말이다.

어쨌든, 꿈이라 하고 싶진 않지만 현실적인 목표와 계획을 위해 나는 헤어 학원에 등록한 뒤로 한 순간도 흘려보내지 않고 열심히 살았다. 학교를 그만두고 나니 세상이 더욱 더 전과 달라 보였다. 이제 더 이상 학생도 아닌데, 내 인생을 책임져줄 사람은 나밖에 없는데. 할 수 있다, 잘될 것 같다는 생각을 하면 그대로 된다잖아. 나는 화장실 거울 앞에 서서 긍정의 주문을 외웠다. 이유나, 넌 잘될 거야. 오늘도 좋은 하루. 웃으니까 훨씬 예쁜걸.

"야! 아침마다 화장실에서 뭐 해? 연기 연습하냐? 지랄."

언니가 내 얼굴에 수건을 던지며 욕을 하거나 쓰고 있는 드라이기를 뽑아서 가져가 버려도 나는 상처받지 않았다.

긍정적인 마음을 먹으니 좋은 기운이 따라왔는지 수료를 앞두고 학원 부원장님의 추천으로 강남에서도 손꼽히는 '클레어 뷰티숍'에 취직하게 되었다.

그리고 이어서 블랙을 만난 거다. 그러니 블랙이 찾아온 건 숍이 아니라 바로 나였다. 인연의 끈을 따라 나는 블랙을 향해, 블랙은 나를 향해 움직이게 된 거다.

정말이지 나는 블랙의 외적인 매력, 연예인으로 활동하는 모습을 보면서 좋아하는 게 아니다. 나는 그녀의 팬이 아니다. 정유진이라는 한 인간에 대해 알게 된 후 그 내면을 이해하고 공감하며 사랑하게 된 것이었다. 뭐랄까, 설명하기는 좀 어렵지만 '드디어 우리가 만났구나.' 하는 생각이 들면서 가슴이 찡하게 아려오는 어떤 마음도 있었다. 친자매 같은, 다른 몸이지만 영혼의 보이지 않는 가닥이 연결되어있는, 둘이지만 하나의 존재 같은 그 무엇. 블랙과 나의 관계가 그런 것이라는 느낌이 들었다. 환하게 웃고 있을 때조차 그녀 마음속 어느 구석에는 아프고 쓸쓸한 얼굴 하나가 숨어있다는 걸 알 수 있을 정도였으니.

그녀가 내게 자일리짱 한 봉지만 사 오라고 부탁하고서 '하나 먹을래요?' 하며 내 앞치마 주머니에 자일리짱을 넣어주던 날. 나는 오랜 친구였던 츄파춥스와 이별하고 자일리짱과 새로운 인연을 맺기로 했다. 블랙과 달리 나는 단맛을 좋아했지만 자일리짱이 상쾌하고 시원하다는 건 분명했다. 이제 그녀와 나 사이에는 공통점 하나가 더 늘어났다.

아직 숍에서 정식 직원이라 할 수도 없는 존재라서 블랙 앞에 제대로 나설 기회도 없었지만 블랙이 숍에 들어서는 순간부터 나의 모든 감각들은 그녀를 향해 뻗어있어 블랙의 작은 기척도 알아챌 수 있었다. 아마 블랙도 숍에만 오면 정확히 알 수 없는 어떤 기운을 느끼며 그게 무엇일까 궁금해했으리라.

블랙과 나는 보이지 않는 끈 같은 것으로 두 영혼이 연결되어있는 존재였다. 그만큼 서로 닮은 부분도 많고 겹치는 부분도 많았다. 우리는 만나야 하고, 모든 이야기를 함께 나누어야 하는 사이다. 비록 블랙이 아직 그걸 모르고 있다 해도, 숍에 들어설 때마다 설명하기 어려운 느낌으로 주위를 둘러본 적이 있을 거라고 나는 확신했다.

그리고 드디어 그녀가 나를 알아보게 된 순간이 찾아왔다.

하루아침에 가을이 왔는지 갑자기 아침 공기가 차가워진 날이었다. 숍에 들어서면서부터 재채기를 하던 블랙이 재채기에 이어 계속 코를 풀어대느라 정신없었다.

"제가 알레르기가 있어서 그래요. 에이취."

"그냥 알레르기가 아닌 것 같은데? 감기 걸린 거 아니야?"

"병원 가봐야겠다."

"제가 원래 환절기에 늘 이래요. 에취에취."

환절기마다 비염 알레르기로 고생하는 것도 블랙과 나의 공통점이다. 알레르기 약을 먹을 수도 있지만 따뜻한 보리차를 마시고 얇은 머플러로 목을 감싸주는 건 나만의 처방이다. 그런데 블랙은 몸이 안 좋을 때면 보리차에 설탕을 한 숟가락 타서 마신다고 SNS에 쓴 적이 있었다. 힘들게 살던 어린 시절에 비타민은커녕 설탕물 한 컵으로 힘을 냈었다는 블랙의 고백 이후에 팬들이 비타민을 몇 박스씩 보내주기도 했다.

그 뒤로 나도 컨디션이 안 좋으면 설탕물을 마시곤 했다. 꿀물은 아니지만 달달한 보리차를 홀홀 마시면서 그녀와의 공통분모가 늘어가는 기쁨도 느꼈다.

"저기, 이거…"

처음에 내가 내민 컵을 건네받을 때에만 해도 블랙은 내 얼굴을 바라보지도 않았다. 재채기가 나오려 하고 머리가 어질해서 정신이 하나도 없었을 거다. 그러나 그것이 따스하게 데운 설탕 탄 보리차라는 걸 알고는 깜짝 놀란 듯 눈을 빛내며 나를 돌아봤다.

"우와, 이게 뭐야?"

나는 그저 미소만 지었고, 그녀 곁에 있던 선생님들이 뭔데? 왜 그래? 하면서 달려들더니, 뭐야, 그냥 보리차잖아, 하면서 뜨악한 표정을 지었다.

그렇게 블랙과 나는 '우리'가 되었다.

그 후로 그녀는 숍에 오면 빠지지 않고 일부러 나를 찾아 눈인사라도 해주었고, 윤아 씨, 아아, 윤아가 아니라 유나구나, 유나 씨, 하면서 내 이름을 부르고, 나에게 뭔가 소소한 부탁이라도 하면서, 그러니까 적당히 미지근한 물을 한 잔 갖다 달라거나, 어깨 뭉친 데를 좀 주물러달라거나, 그렇게 말을 걸고 눈맞춤을 하고 고맙다는 말을 하고 남들은 미처 알 수 없는 둘만의 느낌을 주고받았다.

좀 더 솔직하게 말하자면 블랙도 점점 나에게 특별한 마음을 느끼고 있었다. 친한 동생이나 고향 후배 같은 느낌을 넘어 어딘가 혈육 같고 연인 같기도 한, 길게 설명하지 않아도 모든 게 쉽게 통하는 소울메이트, 이틀 밤쯤을 함께 지새우며 평생의 모든 얘기들을 나누고 싶은 그런 사람.

아직은 그녀에게 '언니'라고 부를 수도 없고 블랙도 나에게 '유나야' 하고 부르진 못하는 현실적인 거리가 있었지만 적당한 때가 오면 우리는 한 배 속에서 같은 날 태어난 쌍둥이처럼 손을 맞잡고 영원히 함께 걸어가게 될 거다.

그리고 드디어 그때가 왔다.

"여보세요? 오빠, 지금 어디야? 뭐? 어디?"

메이크업을 받다 말고 블랙이 급한 표정으로 전화를 걸었다. 그녀를 숍에 내려주고 어딘가로 간 매니저에게 전화를 하는 것 같았다. 청소를 하고 있던 나는 조금씩 블랙이 있는 쪽으로 다가가며 모르는 척 열심히 빗자루질을 했다.

"알았어. 내가 어떻게 해볼게."

곤란한 듯 한숨을 쉬며 전화를 끊는 블랙에게 원장님이 무슨 일인지 물었다.

"꼭 입어야 하는 옷이 있는데 그걸 집에 두고 왔어요."

"매니저는?"

"협찬사에 가봐야 되는데 완전 반대 방향이에요."

"아유, 어떡하니?"

블랙이 그녀 뒤에 서있는 나를 거울을 통해 바라보며 뜨겁게 텔레파시를 보내왔다. 도와줘, 유나야, 니가 해줬으면 좋겠어.

"제가 갔다 올까요?"

갑자기 큰 소리로 말하는 나를 원장님이 깜짝 놀라 돌아봤다.

"제가 다녀올게요."

단호한 표정으로 말하는 나를 보며 원장님이 말했다.

"유진 씨 방에까지 들어가야 되는데 니가 어떻게…"

그러더니 블랙의 눈치를 보면서 어색하게 웃으며 다시 말했다.

"괜찮으면 유나 시키든가."

잠시 말없이 나를 바라보던 블랙이 종이에 무엇을 적어서 반으로 꼭 접어 내 앞으로 다가왔다. 그녀와 그렇게 가까이에서 마주 선건 처음이었다. 바로 앞에서 본 블랙의 눈동자는 투명한 갈색으로 반짝이고 있었고, 오른쪽 눈꼬리 옆에는 희미하게 반달 모양의 작은 흉터가 있었다. 그녀에 대한 새로운 정보 입력 완료.

"유나 씨. 이게 우리 집 주소고, 이건 건물 비번, 이건 현관 비번. 옷 방에 들어가서 오른쪽을 보면…."

아, 블랙이 나에게 비밀번호를!

그녀가 준 쪽지를 받아 드는데 심장이 쿵쾅쿵쾅 뛰면서 손이 살짝 떨렸다.

"택시 타고 갔다 와요. 여기 돈."

"아니에요, 괜찮아요."

"시간이 없어서 그래요."

블랙의 집이 어디인지 정도는 원래 알고 있었다. 하지만 직접 비밀번호를 누르고 안으로 들어가자 정말이지 말로 설명하기 어려운 기분이 들었다.

깔끔한 성격의 블랙이 현관에서부터 부엌, 욕실, 거실, 침대 방, 옷 방까지 정신없이 헝클어놓은 것을 보니 그녀가 얼마나 바쁘고 피곤한지 알 수 있었다. 밥을 해 먹은 흔적은 거의 없고 냉장고 안이며 쓰레기통이며 맥주 캔으로 가득한 걸 보니 요즈음 스트레스로 지쳐있던 블랙의 얼굴이 떠올라 마음이 아팠다.

빨래가 쌓여있는 것이며 엉망인 냉장고 안이며 정리해주고 싶은 게 많았지만 지금은 그녀가 부탁한 재킷을 찾아서 빨리 돌아가야 하니까 어쩔 수가 없었다. 마지막으로 집 안을 한 번 둘러보고 의자에 걸쳐있는 카디건에 코를 대 냄새를 한 번 맡아보고는 얼른 집을 나왔다.

다음 날 인터넷 뉴스에는 블랙이 일본으로 출국하려고 공항에 나타난 모습, 검은 스키니진에 해골 그림이 그려진 검정 후드티, 편안한 스니커즈를 신은 멋진 공항 패션 등 그녀에 대한 기사가 가득했다.

그리고 그날 밤 퇴근 후, 나는 블랙의 집으로 향했다.

비밀번호를 누르자 '띠리링' 경쾌한 소리가 나며 문이 열렸다. 어제는 낮이라 몰랐는데 밤에 들어오면서 보니 현관에 센서등이 있다. 나도 이런 집, 깨끗하고 고급한, 비밀번호를 눌러야 문이 열리는, 어두운 밤에도 현관의 센서등 아래에서 기분 좋게 구두를 벗을 수 있는 이런 집에서 살고 싶어. 언젠가는 그런 날이 오겠지.

허락도 없이 빈집에 들어온 이유는 어제 봤던 빨래나 이런저런 집안일들을 정리해주고 싶어서이다. 블랙이 알면 괜히 부담스러워할 수도 있고, 나도 그녀가 알아주기를 바라서 이러는 건 아니니까 그냥 말없이 온 거다. 블랙도 이런 내 마음을 충분히 알고 있을 거다. 그러니 아무 스스럼없이 비밀번호를 알려준 것이다.

사실은 어제 왔을 때 욕실의 면도기와 남성용 화장품, 방마다 담배꽁초 가득한 재떨이가 있는 것을 보고서 마음이 덜컥했었다. 하지만 밤새 생각해보니 매니저가 두고 간 것이거나 거슬리는 친구가 왔다간 게 틀림없다. 불편하고 싫은데 내색도 하지 못하고 블랙이 얼마나 피곤하고 힘들었을까. 내가 싹 치워주겠어. 만약 그녀와 같이 살게 된다면 블랙을 대신해 쓴소리를 해대는 얄미운 캐릭터를 담당하겠다. 우리 언니 피곤한데 그만 돌아가 주시죠, 그리고 여긴 금연 구역이라고요.

빨래를 돌리고 집 안 청소를 하고 냉장고 정리에 쓰레기까지 모두 버리고 났더니 마음이 개운해졌다. 모든 일을 끝내고 커피를 한 잔 타서 티비 앞에 앉았는데 '아, 행복해.' 하는 탄성이 절로 우러나왔다.

다른 사람들은 다들 행복해서 사는지, 행복하진 않지만 어쩔 수 없으니까 그냥 살아가는 건지 궁금한 적이 종종 있었다. 너무너무 행복하고 하루하루가 즐거워서 사는 사람이 누가 있겠나. 그냥 사는 거지. 외롭고 슬프니까 인간이라잖아. 그렇게 생각하고, 그런 물음 따위 하지 않고 살아가려고 노력했는데, 블랙의 크림색 소파에 앉아 블랙의 머그잔에 커피를 담아 마시는 이 시간엔 정말로 '행복'이란 게 마음 가득히 들어차는 걸 느꼈다. 이런 것도 있구나. 이런 느낌, 이런 마음, 이런 순간. 아, 행복해.

마음 같아서는 그녀의 침대에서 자고 여기에서 출근도 하고 싶었지만 오늘은 그냥 돌아가기로 했다. 커다란 초콜릿이 생겼는데 한꺼번에 다 먹어버리지 않고 한 조각씩 아껴가며 잘라 먹는 마음이랄까.

다음 날에도 나는 블랙의 집으로 퇴근을 했다. 어제 빨아서 널어

둔 옷들을 걷어서 정리해둬야 하니까. 블랙은 이번 주말에 한국에 돌아올 예정이다. 그 전에 해놓을 일들을 몇 가지 생각해봤다. 냉장고 안에 넣어둘 음료나 과일 같은 것, 침실에 놓을 작은 화분 하나, 블랙이 돌아왔을 때에 집이 너무 썰렁하지 않고 예쁜 냄새가 날 수 있게 방향제도 준비하고…, 그녀가 집에 돌아오면 우렁 각시가 왔다 간 줄 알고 깜짝 놀라겠지. 기분이 좋았다. 아, 재미있어.

그런데 그 다음 날 또다시 블랙의 집으로 가 비밀번호를 누르고 안으로 들어서는데 현관에 못 보던 여자 구두가 있었다. 블랙은 아직 일본에 있을 덴데 누구지?

주춤거리며 들어서는데 안에서 웬 여자가 눈을 동그랗게 뜨면서 나왔다.

"누구?"

"그쪽은 누구세요?"

"난 김실장인데."

"김실장이요?"

"그러니까, 그냥, 이모예요. 학생은 누구지?"

이모? 블랙에게 이모가 있었나? 피붙이라곤 할머니뿐인 걸로 아는데?

"네, 저는 이유나라고 합니다."

"그런데, 누구? 어디서 왔지?"

"그러니까, 저는…."

순간 뭐라고 설명해야 할지 조금 헷갈렸다. 이분이 친이모라면 블랙이 이모에게 내 얘기를 했을 수도 있는데. 이모, 내가 정말 좋아하는 동생이 있어. 걔를 보면 이상한 마음이 들어. 남 같지가 않고, 바로 나 자신처럼 느껴지기도 하거든. 무슨 말인지 모르겠지, 이모?

"친한 동생이에요. 언니 돌아오시기 전에 집 안 정리 좀 해두려고 온 거예요."

"그런데 현관 번호는 어떻게 알았지?"

"당연히 언니가 가르쳐줬죠."

"그래? 그럼 혹시 학생이 어제도 여기 왔었나? 들고 온 물건들은 다 뭐야?"

나는 굳이 대답을 하지 않고 그냥 미소만 지었다. 그런 나에게 이모님은 부드럽게 웃어 주시면서도 자꾸만 살짝살짝 훔쳐보시며 조금은 어색해하시는 것 같았다. 친이모가 아니라 회사에서 나오신 분인가? 나는 어쩐지 조금 떨려 편안하게 행동하려고 애쓰며 이모님께 커피도 대접해드리는 등 살갑게 굴었다.

그날은 이모님이 계셔서 조금 일찍 나왔고, 다음 날엔 숍에 밀린 일이 많아 너무 늦게 끝나 블랙의 집에 들르지를 못했다. 그러다 보니 블랙이 한국에 돌아올 날이 되었다. 공항에 나가 아무도 모르는 한쪽에서라도 그녀를 맞이하고 싶었지만 그럴 수가 없어 인터넷 뉴스로 블랙의 모습을 보았다.

그런데 인터넷에 말도 안 되는 기사들이 난리를 벌이고 있었다.

'주노–블랙, 도쿄 데이트 후 따로따로 입국'

'블랙은 말이 통하고 코드가 맞는 여자 친구, 솔직한 주노'

'노코멘트입니다, 당황한 블랙'

주노는 별로 인기도 없는 그룹 '뽀빠이'에서 랩을 맡고 있는 멤버 인데 가끔씩 예능 프로에 나와 몸개그나 펼치는 허접한 인물이다. 나이도 블랙보다 한 살 어리고 얼굴이 잘생긴 것도, 재치가 있는 것 도 아닌데 블랙이 그런 애랑 사귄다니 말도 안 된다. 뿌옇게 찍힌 사진 한 장 말고는 그다지 믿을 만한 얘기도 없는데, 뭘.

"이거 봐, 블랙하고 주노가 사귄대."

수선스럽기로 치자면 최고인 수지 언니가 호들갑을 떨어댔다.

"어쩐지. 저번에 블랙이 무슨 반지 끼고 있던데 내가 척 보니까 커플링이더라고."

"블랙, 다음 달부터 숍 옮긴다던데 주노랑 같은 데로 가려고 그러 는 거 아니야?"

"맞아, 그런가 보다. 어우, 웬일이니."

"주노가 남자답고 쿨하니까 블랙 까칠한 성격 잘 맞춰주겠다."

"도쿄에서 며칠이나 같이 있었으면 꽤 뜨거운 사이인가 봐."

정확하지도 않은 루머를 가지고 제대로 알지도 못하는 사람들이 사실인 양 떠들어대는 소리를 듣고 있자니 마음속에서 용암 같은 게 부글부글 끓어올랐다. 숍에 들어온 지 몇 달 동안 어떤 일에도 내 주장을 펴지 않고 얌전히 있었지만 이번에는 그럴 수 없지.

"둘이 그런 사이 아니거든요!!!"

"아이, 깜짝이야. 왜 갑자기 소리를 질러?"

"냅둬, 유나가 블랙 빠순이잖아."

빠순이? 기가 막혀서, 진짜! 더 이상은 못 참아.

나는 거칠게 고무장갑을 벗어 땅바닥에 패대기쳤다. 짝- 소리를 뒤로 하고 숍을 나와 혼자만의 휴식 공간이었던 비상구 계단에서 급하게 주머니를 뒤졌는데 츄파춥스는 없고 자일리짱 뿐이다. 빠각 빠각 소리가 나도록 자일리짱을 깨물어 먹는데 사탕이 깨지는 건지 이빨이 깨지는 건지 모르겠다. 이래서는 안 되겠어.

아침에 공항에 도착해서 기자들에게 시달리고 났으니 지금쯤 집에서 혼자 조용히 쉬고 있을지, 아니면 다른 데에 잠시 피해있을지 모르겠다. 어쨌든 나는 블랙과 직접 만나 이야기를 나누어야 한다. 그녀가 진심으로 주노를 좋아하는 거라면 나도 얼마든지 축하해줄 수 있다. 하지만 우선, 정말이지 블랙과 말이 통하고 마음이 통하는 사람, 코드가 맞는 영원한 친구는 나라는 것을 얘기할 필요가 있다. 주노는 블랙을 떠날 수 있지만 나는 그렇지 않다는 걸 블랙이 확실히 알아야 한다.

정신없이 달려 블랙의 집으로 왔다. 그런데 이게 어찌된 일인지. 비밀번호를 눌러도 문이 열리지 않는다. 내가 잘못 눌렀나. 몇 번을 다시 눌러봐도 부드럽게 '띠리링' 하는 소리는 나지 않고 신경질적으로 '띠리띠리띠리' 하면서 빨간 불만 깜빡거린다. 왜 이러지.

그때 인터폰을 통해 목소리가 들렸다.

"누구세요?"

블랙이다. 조금 지친 목소리.

"저, 유나예요."

잠시 말이 없던 블랙이 인터폰에 입을 바싹 대고 말을 했다.

"유나 씨, 실장님한테 얘기 다 들었어요. 남의 집에 막 들어오고 그러면 안 되지."

"저, 그게 아니라, 언니가 저한테 비밀번호 알려주셨잖아요, 그래서…."

"그날 옷 때문에 잠깐 알려준 거지 누가 그렇게 마음대로 하라고 그랬어? 유나 씨 이럴 줄 몰랐는데 나 정말 깜짝 놀랐어."

"어, 저는 언니한테 도움이 되고 싶어서…, 언니도 이해하실 거라 생각했는데…."

"예예, 알았으니까 돌아가시고요, 이제 오지 마세요."

"잠깐만요, 언니, 문 좀 열어주세요. 얘기할 게 있어요. 언니, 주노 랑 사귀는 거예요? 그 사람 정말 좋아해요?"

"… 야, 니가 우리 집에 주노 들락거린다고 떠들고 다녔어?"

"그게 무슨 말씀인지…."

"야, 니가 나 꼴초라고, 그래서 사탕 먹는 거라고 떠들고 다녔지?"

"언니, 언니가 자일리짱 좋아하는 것처럼 저도 츄파춥스 좋아했 는데요, 이제는 저도 자일리짱 좋아해요. 자일리짱이 단맛이 없어서…"

"뭔 소리야? 야, 너 학교도 짤렸다며? 아, 정말, 재수 없어."

아아, 지금 이게 무슨 상황이지? 이러면 안 되는데…. 나는 울음이 터지려는 것을 간신히 참고 차분히 얘기를 계속했다.

"언니, 언니랑 저는 정말 천생연분 같은 사이예요. 저는 언니 영혼까지 사랑해요. 그렇다고 제가 레즈비언이라거나 그런 건 아니지만요. 언니, 언니도 제 얘기 한번 들어보시면 우리가 얼마나 닮은 점이 많은지 아실 거예요."

"지금 뭔 헷소리야? 됐으니까 그만 가라."

"언니, 언니랑 코드가 맞고 모든 게 통하는 건 바로 저예요."

"어우, 정말 뭐야? 야, 나 지금 무지 피곤하거든. 제발 꺼지라고, 응?"

"언니, 으흐흑, 언니가 모르셔서 그래요, 저는 언니 정말로, 흐흑, 흐흑…."

그때 블랙이 조그맣게 혼잣말하는 소리가 들렸다.

"아, 미친년. 이거, 또라이 아니야?"

어쩐지 헛웃음이 나오면서 머릿속 어딘가에서 탁- 하고 무언가 끊어지는 소리가 들렸다. 이건 아닌데. 나는 블랙의 별이고 그녀는 나만의 달이라 생각했는데 빅뱅이 일어나 모든 것이 산산조각 난 느낌이야.

"문 열어. 문 열라고. 니가 나에 대해 뭘 알아? 나에 대해 말할 기회도 안 췄으면서 내가 왜 미친년이야? 내가 왜 또라이야?!"

"야, 너 빨리 꺼지지 않으면 경찰에 신고할 거야. 무단침입에 협박, 스토킹까지. 콩밥 먹기 싫으면 얼른 꺼져!"

그래서 지금 나는 블랙의 집 베란다가 바라보이는 빌라 마당에 서있다.

도대체 뭐가 잘못된 걸까 생각하면서. 왜 그녀는 내 얘기를 들어보지도 않는 건지. 내 얘기를 들어보면, 우리가 얼마나 닮은 점이 많고 그래서 내가 그녀를 얼마나 깊이 이해하며 사랑하는지 알게 되면, 분명 눈물을 흘리면서 놀라고 감동할 텐데. 그러고 나면 내가 그녀와 주노의 사랑을 축복해줄 수도 있고, 아니면 그녀가 먼저 주노 따위 아무것도 아니라는 걸 알게 될 수도 있을 텐데.

설탕 탄 보리차를 건네주던 날 나를 보던 블랙의 눈, 그 안에서 반짝하고 빛나던 그 무언가의 의미. 그 이후로 조금씩 이어지던 우리의 교감. 나에게 비밀번호를 알려주기로 결심하던 그 순간의 마음…. 그 모든 것들을 한 번만 되돌아본다면 나에게 미친년이라고, 스토커라고 말하진 않을 텐데.

화가 난다거나 슬프다기보다는 어쩐지 맥없이 늪에 빠지듯 우울함에 잠겨 드는 마음으로 그녀의 집 베란다를 쳐다보며 서있자니 츄파춥스 생각이 간절했다. 주머니를 뒤져봐도 츄파춥스는 없고 입맛에 맞지도 않는 자일리짱만 손에 잡힌다. 이것 봐, 내가 얼마나 블랙을 사랑했는지. 내 취향과 의견 같은 건 다 버리고 모든 것을 그녀에게 맞춰가면서 그렇게 사랑했는데.

돌이켜보면 늘 이런 식이었다. 언제나 누군가를 바라보며 기다렸지만 그 사람은 나를 알아보지 못하고 그냥 지나가 버리는 거다. 그러면 죽을 것 같이 아파하고 힘들어하지만 시간이 지나면 자연스럽게 상처는 흐려지고 새살이 돋아났다. 나에게 관심 없는 누군가를 기다리느라 힘겨워하느니 차라리 혼자인 게 좋다며 씩씩하게 지내기도 했다. 그러다 새로운 누군가를 좋아하게 되고, '이번에는?' 하면서 기대하다가 다시 상처받고, 반복 또 반복.

블랙을 보면서 이번에야말로 진짜 '내 편'이 생길 수 있을 것 같다는 희망이 샘솟았는데, 그래서 다시 한 번 마음 흔들리고, 그러면서 행복했는데, 그런데 이번에도 역시 아니었나 보다. 이젠 슬퍼하는 것도 지겹다.

"악, 언니, 한 번만 나와주세요. 언니, 사랑해요. 블랙 언니."

갑자기 옆에서 어린 여자애 세 명이 고래고래 소리를 질러대 깜짝 놀라 정신을 차렸다.

교복을 줄여 입고 커다란 스케치북에 알록달록 무엇을 써가지고 들고 흔들며 난리가 난 소녀들. 그중 한 아이. 아마도 블랙의 사진을 보여주며 똑같은 스타일로 커트해달라고 한 것 같으나 절대로 블랙과 비슷해 보이진 않고 단지 얼빠진 선머슴 같아 보이는 아이가 있었다. 교복 치마가 아니라면 남자인지 여자인지 구분하기도 어려울 것 같은 그 아이는 피를 토할 듯 소리를 지르며 거의 울고 있는데, 참, 내가 봐도 눈살이 찌푸려질 지경이었으니. 같이 온 다른 친구들도 이 아이 혼자 너무 미친 듯이 발광을 하니까 둘이 서로 바라보며 정말 싫다는 듯 수군대고 있다. 아, 어떤 건지 나는 다 알겠다. 뭐야, 쪽팔리게. 괜히 데리고 왔어. 야, 우리 그냥 갈까? 그런 얘기들. 그런데 이 아이는 아무것도 모른 채 발악하듯 계속해서 블랙을 불러대고 있다. 언니, 블랙 언니. 악. 아악.

그러더니 갑자기 주머니에서 라이터를 꺼내 치켜들고는 머리에 가까이 가져가며 소리를 지른다.

"언니, 한 번만 나와주세요. 할 말이 있어요. 언니 안 나오면 나 죽을 거예요."

옆에 있던 두 친구가 화들짝 놀라며 말한다.

"야, 너 왜 이래? 그건 뭐야?"

"아아, 내가 같이 오기 싫다 했잖아."

뭐냐, 우린 그냥 가겠다, 니가 이러니 친구가 없는 거다, 병신, 사이코…….

그런데도 아이는 금방이라도 머리에 불을 지를 듯이, 라이터를 쥔 손을 부들부들 떨면서 블랙의 집 닫힌 베란다만 바라보고 있다. 나는 저 마음을 이해한다. 블랙의 앞에서 머리칼이라도 훨훨 불태우고 싶은 마음. 그렇게 해서라도 블랙이 나를 향해 달려온다면, 내 얼굴을 들여다보며 왜 그러냐고, 말해보라고, 들어주겠다고 해준다면 눈물을 흘리며 내 모든 것을 이야기하고 싶은 마음. 어리석고 부질없는 그 마음.

"야! 너 그 라이터 당장 안 치워?"

나는 주머니에 있는 자일리짱을 한 움큼 꺼내 그 아이를 향해 집어던지며 소리쳤다. 약간 큰 콩알탄처럼 탕- 탕- 튕기는 자일리짱 때문에 아이가 놀라서 얼른 손을 내리며 몸을 움츠리고, 옆에 있던 두 아이도 주춤거리며 무슨 일인지 눈치를 살피고 있다.

"니가 그런다고 블랙이 눈 하나 깜짝할 것 같아? 머리에 불을 붙이고 죽어봐라, 너만 미친년 되는 거야."

"… 할 말이 있어서 그런다고요…"

아이가 시무룩한 표정으로 우물우물 말을 한다.

"할 말? 그래, 할 말이 있겠지. 나도 할 말이 있어서 왔으니까. 그런데…, 그게 정말 블랙에게 해야 하는 말일까? 과연 블랙이 내 말을 들을 필요가 있는 사람일까?"

아이가 어리둥절한 표정으로 눈을 둥그렇게 뜨고는 나를 바라본다. 머리를 조금만 만져주면 제법 귀여워 보일 만한 얼굴이다.

"너 그 머리 어디서 잘랐니?"

"머리요?"

"야, 가자. 내가 다듬어줄게. 나 클레어숍에서 일해."

클레어숍? 우와, 대박. 거기 블랙이랑 연예인들 많이 다니는 데잖아. 호들갑을 떠는 여자애 두 명을 뒤로 하고 아이의 손을 잡아끌었다. 내가 머리 다듬어줄게, 그리고 얘기도 들어줄게.

어쩌면 새 친구를 만난 것 같기도 하다. 아니, 내가 이 아이에게 새 친구가 되어줄 순 있을 것 같다. 하지만 이 아이는 여전히 블랙만을 향해 하고픈 말이 있고 나를 원하지 않을 수도 있겠지. 괜찮아. 그러면 나는 츄파춥스를 빨면서 또 다른 누군가를 기다리겠다. 희망을 품지도, 절망하지도 않고, 그냥 츄파춥스 막대기를 잡고 동그란 사탕을 돌돌 돌리면서, 가만히 조용히 살아가겠다.

맨해튼 바나나걸

'오늘 오후 맨해튼 펜역 근처 한 카페에서 한국계 미국인 A양(15세)과 한국인 B군(17세) 사이에 폭행치상으로 추정되는 사건이 있었다. 당시 주변에 있던 증인들에 의하면 마주 앉아 있던 A양과 B군 사이에 약간의 언쟁이 오가더니 갑자기 B군이 손으로 눈을 감싸며 테이블 위로 쓰러지고 A양은 포크를 손에 쥔 채 가만히 B군을 지켜보고 있었다고 한다. 출동한 경찰에 의해 청소년 보호소에서 조사를 받고 있는 A양은 침묵 중이고, 병원으로 이송되어 응급조치를 받은 B군은 고통을 호소하는 가운데 스스로 자해를 한 것이라고 주장하고 있다.'

─ K군. 17세. 한국인. 현 거주지는 뉴욕 퀸즈의 고모 집

어학원을 빠지고 브라이언파크에 간 날 그 애를 처음 봤어요.

파크 근처의 도서관으로 견학 수업이라도 나온 것 같았죠. 여러 명의 또래 아이들 속에서 유난히 그 애가 도드라져 보이는 이유가

그저 같은 동양인, 게다가 아마도 한국인 같은 생김새 때문인가 생각했어요. 마침 그날 아침에 한국에 전화를 걸었다가 여동생의 울먹이는 목소리를 듣고 기분이 많이 가라앉아 있었거든요.

그 아이를 다시 본 건 며칠 뒤 전철역에서였어요. 맨해튼의 더럽고 지붕 낮은 전철역. 그곳에서 그 아이는 아가들 분 냄새 같은 향을 날리며 내 옆을 스쳐 지나갔어요.

뚱뚱하고 나이 많은 백인 아버지는 그 아이를 '유니스'라고 불렀어요. 나는 그 아이가 '윤희'가 될 뻔했다는 걸 알았죠.

윤희가 될 수 있었지만 유니스가 되고 만 아이. 배가 불룩하고 팔뚝에 황금색 털이 수북한 양아버지와는 어울리지 않는 가늘고 단단한 몸을 가진 아이. 진하게 그려 넣은 아이라인 때문에 눈에 힘을 주고 있는 것처럼 보이는 아이.

유니스를 다시 만난 그날, 난 그 애와 내가 같은 게임을 하고 있다는 걸 알아차렸어요. 그래서 쫓아간 거예요. 그 애와 얘기하려고.

펜역에서 내려 복잡한 인파를 헤치고 그들이 찾아간 곳은 길가에 위치한 레스토랑이었어요. 1층에는 창고처럼 박스를 쌓아놓고 운동화를 싸게 파는 가게가 있고, 그 위 2층에 위치한 저렴한 레스토랑이었죠.

유니스의 아버지는 그 레스토랑의 웨이터인 것 같았어요. 주방으로 들어가 앞치마를 두르고 나오더니 익숙한 태도로 주문을 받고 서빙을 하는 등 바쁘게 움직였죠.

유니스는 창가 자리에 앉아 바깥을 보며 핸드폰에 꽂아둔 이어
폰으로 음악을 듣고 있었어요. 가만히 음악만 듣고 있는 유니스에
게 그 애 아버지가 이것저것을 갖다 주었죠. 나는 그 애와 조금 떨
어진 대각선 쪽에 앉아있었는데 오믈렛과 샐러드, 커피를 갖다 주
는 것 같더라고요.

나도 대충 같은 것들을 주문했어요. 오믈렛은 너무 식어있었고 샐
러드의 야채들은 풀이 죽어있었지만 싸구려 식당이 다 그렇죠, 뭐.

팁까지 계산해서 알뜰하게 잔돈을 섞어 테이블 위에 올려두고
난 뒤에도 어떤 식으로 첫마디를 건넬지 궁리하느라 얼른 자리에서
일어나지를 못 했어요.

그러는 동안에도 유니스는 천천히 음식을 먹으며, 한 번씩 핸드
폰을 내려다보고, 대부분은 창밖을 내다보며 나른하게 앉아있더군
요. 가끔씩 그 애 아버지가 지나가다 유니스를 바라봤지만 딱히 무
슨 얘기를 나누지는 않더라고요.

생각해보니 그 애 아버지가 일하고 있는 가게에서 그 애에게 말
을 거는 건 좋지 않을 것 같았어요. 유니스가 불편해할 수도 있을
것 같았고요.

그래서 쪽지를 써서 건네기로 한 거예요.

'우연히 너를 보게 되었다. 하지만 우연이 아니라고 느낀다. 너와
대화하고 싶다. 이상하게 생각하지 않기를 바란다. 나는 너와 내가
제대로 끼운 콘센트와 플러그처럼 잘 통할 수 있으리라 느낀다. 추

신. 한국에서 이곳에 온 지 얼마 되지 않아 영어로 내 생각을 표현하는 게 어렵다. 이해해줬으면 좋겠다. 네가 한국말을 할 수 있는지 알고 싶다. 김민수로부터.'

그냥 간단히 '김'이라고 쓸까, 아니면 발음하기 쉬워 이곳에서 쓰는 이름인 '수'라고 할까 고민하다가 내 이름 그대로를 모두 쓰기로 했어요. 유니스에게 내 이름 그대로를 알려주는 것부터 시작하고 싶었지요.

한국에서도, 이곳 고모 집에 와서도 솔직하게 모든 것을 얘기할 수 있는 상대가 아무도 없었어요. 나를 잘 아는 사람 앞에서는 다 괜찮은 척하며 넘어갔고, 친한 사이가 아니라면 길고 복잡한 스토리를 모두 얘기하기 힘들어서 말 못했죠. 내 마음을 털어놓을 수 있는 곳이라면 정신과 상담이나 성당의 신부님을 찾아가 고백하는 것인데 둘 다 쉽게 갈 만한 곳은 아니었으니까요.

그런데 유니스에게라면 괜찮을 것 같더라고요. 유니스에게는 내 마음의 있는 그대로를 다 보여줘도 부끄럽거나 자존심 상하지 않을 것 같다는 생각이 들었어요. 어쩌면 내 얘기를 다 듣고 난 유니스가 씁쓸한 미소를 지으며 크게 다르지 않은 자신의 얘기를 시작할 수도 있겠다는 생각도 들었지요.

무슨 근거로 그런 생각을 했냐고요? 영적인 느낌에 대해 설명하려니 꽤 힘드네요. 이해해주길 바라지는 않습니다. 다만 유니스에 대한 얘기들은 모두 나의 진심이라는 걸 알아줬으면 좋겠네요.

유니스를 보고 있으면, 뭐랄까, 마음속에 진하고 묵직한 울림 같은 게 퍼졌습니다. 하루만, 아니 몇 시간만이라도 나와 얘기를 나눠 보면 유니스도 무언가 느낄 수 있을 거라 생각했어요. 그래서 다소 집요하게 유니스를 따라다녔습니다.

하지만 마침내 모든 얘기를 끝낸 뒤 유니스의 눈에 눈물이 고인 것을 봤습니다. 아니라고 거부하는 유니스의 눈에 아픔이 스민 것을 봤습니다. 그런 걸 원한 건 아니었는데. 위로가 되고 의지가 될 줄 알았는데 오히려 소금을 뿌린 셈이었다니. 다른 사람도 아닌 내가!

그래서 그랬습니다. 스스로에게 너무나 화가 나서 순간적으로 확.

유니스는 자기가 했다고 하겠죠. 하지만 아닙니다. 유니스는 그렇게 못 해요. 저에게 화도 나고 원망도 했겠지만 그 애는 아니에요. 유니스에게 사죄하고 싶은 제 마음을 보여주려고 제가 그랬습니다.

유니스는 지금 어떤가요? 저는 다 괜찮다고 유니스에게 전해주세요.

– 브래드. 54세. 유니스의 양아버지. 레스토랑 매니저. 맨해튼 거주

그러고 보니 그 동양인 녀석을 레스토랑에서 몇 번 본 적 있는 것 같군.

유니스와 함께 있는 걸 본 적은 없었어요. 언제나 혼자 와서 간단

한 메뉴 하나와 커피 정도를 시켜 먹고는 한참을 앉아있다 갔어요. 언젠가는 수첩 같은 것을 꺼내 무언가를 쓰기도 했지요. 그게 다 유니스를 괴롭히고 협박하는 편지들이었다니, 개자식.

유니스가 왜 그런 얘기를 나에게 하지 않았는지 모르겠군요. 나 정도면 꽤 좋은 아빠라고 자부해왔는데 말이지.

제니와 결혼하고 십 년 동안이나 아이를 가지려고 온갖 노력을 했지요. 우리 둘 다 너무나도 아이를 원했거든. 나를 닮은, 내 유전 자를 그대로 이어받은 존재를 세상에 내보내는 일. 멋지잖아.

그러다가 끝내 아이 갖기를 포기하고 나자 의외로 마음이 홀가 분하고, 뭐랄까, 쿨하게 생각하고 싶다는 기분이 들더라고요.

자식이라는 게 뭔가. 꼭 나를 닮아야 하고 내가 낳아야 하나. 일 본 인형처럼 깜찍하고 예쁜 여자아이 하나 입양해서 재미나게 키우 다가 성인이 되어 떠나가면 굿바이, 굿럭.

내 자식이면서도 내 자식이 아니기도 하다는 것은 엄청난 장점이 될 수 있죠. 잘되길 바라는 탓에 무겁고 진지해지는 마음은 빼고, 그런 마음 때문에 부모와 자식 양쪽이 괴로워지니까, 대신 아이가 주는 달콤함과 보드라움만 누리며 사는 게 가능해지잖아요.

그래서 유니스를 데리고 온 겁니다.

유니스는 영특한 아이였어요. 머리가 아주 좋았어.

사실 우리는 코리아라는 나라에 대해 잘 몰랐어요. 일본의 여러 섬들 중 하나 정도 되는 줄 알았지. 그래서 유니스가 점점 자라면서 콧대가 오뚝해지고 눈도 커져서 오리엔탈 무드가 많이 사라지는 걸 보고 아쉬워했어요. 좀 더 동양적인 외모를 원했거든.

하지만 학교에서나 어디서나 우수한 그룹에 속해 주목받는 아이가 바로 내 딸이라는 것은 꽤 괜찮은 기분이었어요. 잘난 데가 별로 없던 나에게 자랑거리가 생겼으니까. 이거 봐, 내 딸이 이번에 올림피아드에서 상을 받았지 뭐야, 이런 말 하며 호탕하게 웃을 때가 아니면 웃을 일도 별로 없었고.

눈치가 빠른 유니스는 집에서도 제니와 나 사이에서 피스 메이커 역할을 했어요.

제니는, 이거 어떻게 설명해야 하나, 좋은 여자이긴 한데 심리적인 문제가 좀 있었어요. 뭐든지 안 좋은 부분을 확대해서 생각하고, 한번 기분이 가라앉으면 며칠씩 말도 안 하고 좀비처럼 앉아있곤 했지요. 나한테 여자가 있다느니 하면서 울기도 하고. 그럴 때마다 유니스가 도움이 됐죠. 유니스가 그다지 명랑한 스타일은 아닌데 제니 앞에서는 재미있는 얘기도 많이 하고 살갑게 굴었거든.

그러다 끝내 제니가 떠나버렸을 때 너무도 충격을 받아 어떻게 살아야 할지 모르겠더라고요. 뭐? 평소와 달라진 게 없었다고? 그건 유니스가 있으니까 정신을 차리려고 노력해서 그런 거였지. 나 그때 정말 많이 힘들었어요. 제니가 떠났는데 유니스마저 없다면 어떻게 되었을까, 유니스가 곁에 있는 게 그나마 다행이라는 생각을 많이 했지요.

하지만 혼자서 유니스를 키워야 한다는 게 조금 버겁고 부담스럽기도 했어요. 까놓고 말해서, 나 혼자라면 심플하고 홀가분하게 살수도 있었을 테니까.

유니스가 똑똑하다고는 했지만 그래도 아직 열다섯 살밖에 안된 아이라서 부모 손이 가야 하는 일이 많잖아요. 제니와 함께 살아나가는 인생에 유니스가 포함된 것이었지 오십 중반에 이혼남이되어서 동양인 딸아이를 혼자 키우는 건 계획에 없었던 일이거든.

그렇다고 유니스를 귀찮아하거나 소홀히 대한 적은 없었습니다.

저녁은 꼬박꼬박 레스토랑에 데려와서 먹였어요. 우리 가게의 베스트셀러인 치즈 오믈렛과 신선한 샐러드를 시켜줬지요. 그다지 좋아하는 것 같지는 않았지만 어쩔 수 없잖아요.

유니스는 입이 짧았어요. 한국 음식이라면 잘 먹지 않을까 싶어코리아 레스토랑에 가본 적도 있었지만 별로 그렇지도 않더라고.하긴 유니스는 코리아와 관련된 건 제대로 경험해본 게 없었으니한국 음식이라고 해서 특별히 좋아할 이유도 없겠지요.

어차피 유니스와 코리아와의 인연은 끝난 셈인데 맨해튼 한복판에 살고 있는 우리가 계속해서 그 아이에게 코리아에 대해 알려주고 가르쳐야 할 필요는 없다고 생각했어요. 그렇잖아?

어쨌든 밥 먹는 것이며 학교 일들이며 아빠 혼자서 챙겨주기엔어려운 것들이 많았지만 나로선 최선을 다했습니다. 그런 와중에이런 일이 벌어져서 솔직히 많이 짜증스러워요.

이게 딱히 지금 유니스의 상황이 좋지 않아 생긴 일이라고는 생각하지 마세요. 그러니까, 이 사건은 유학 생활에 적응하지 못한 '킴'이라는 소년 때문에 생긴 일이지 제니와 내가 이혼을 하고 그로 인해 유니스를 혼자 내버려두었다거나 방황하게 만들었다거나 하는 이유로 생긴 일은 아니라 이 말이지.

킴이라는 아이가 줄곧 모든 게 다 자기 잘못이라고, 유니스는 아무 잘못도 없다고 하는데도 경찰에서는 그게 아니라고 하더군요. 본인이 시인을 하고 있는데 왜 받아들이지를 않는 거지. 증인? 누군지 알지도 못하는 사람들이 끼어들어서 하는 말을 어떻게 믿어, 제기랄.

오케이, 좋아요. 유니스가 그랬다고 치자고. 맞아요, 정서적으로 불안정했겠죠. 하지만 그게 스토킹을 당해 열이 받아 머리가 홱 돌아서 그런 거지 가정 상황 때문에 마음의 압박을 받아오다 벌인 일은 아니라는 겁니다. 그러니까 내 얘기는, 내 잘못은 없다는 거지.

들어보니 킴이라는 그 아이, 퀸즈의 친척 집에서 유학 중이라고는 하지만 코리아의 부모에게서 버림받은 거나 다름없다 하더군요. 그 나라는 부모가 있든 없든 간에 아이들을 택배처럼 미국으로 보내버리는 게 유행하는 이벤트라도 되나 보지.

그런 걸 생각하면 유니스도 나한테 고마워하면 고마워했지 원망하거나 서운해할 건 없을 거예요. 우리가 그 아이를 입양해서 키워온 것이 어찌 보면 유니스에게는 선택받은 것이고 좋은 기회를 얻은 셈이었을 테니까. 솔직히 내 말이 맞잖아?

제니와 헤어져 혼자 유니스를 키우는 게 벅차다고는 했지만 이런 일이 없었다면 나는 유니스가 성인이 되어 독립해서 떠날 때까지 그 애와 잘 살았을 겁니다. 그런데 이런 일이 생겨서 정말 유감이에요.

- 지수. 15세. 한국인. 유니스와 같은 고등학교

유니스하고 같은 학교에 다닌 건 맞지만 친구라고 하기엔 좀 그런데요?

저도 유니스가 재수 없었고 유니스도 저한테 관심 없었으니까요. 학교에 한국 애들 몇 명 있지만 유니스랑 친한 애는 아무도 없을걸요. 서로서로 쌩까는 관계였달까?

유니스는 자기가 미국인이라고 생각했어요. 한국뿐 아니라 중국, 일본까지, 동양 애들이라면 완전 개무시했으니까. 특별히 어떤 말이나 행동을 한 건 아니지만 표정을 보면 알 수 있었죠. 아무 소리도 안 냈지만 그 애의 눈빛에서 '오 마이 갓' 하고 말하는 걸 느낄 수 있었거든요. 저는 미국에 와서 제일 듣기 싫은 말이 오 마이 갓이에요. 조금만 실수를 해도 오 마이 갓, 수업 시간에 약간만 이상한 얘기를 해도 오 마이 갓. 아우, 듣기 싫어 죽겠어.

솔직히 아시아권에서 온 애들은 영어 발음이 좀 그렇잖아요, 아무래도. 문화적인 차이 같은 것도 있고. 그런데 그런 게 드러날 때마다 이상한 표정으로 저를 보는 거예요. 우우, 왕짜증.

저는 아빠가 뉴욕 주재원이 되신 덕에 초등학교 5학년 때 이곳에 온 케이스에요. 내년이면 다시 한국으로 들어갈 거구요. 여기 올 때 한국에 있는 친구들 모두 저를 부러워했어요. 엄마는 이 기회에 제가 영어를 엄청 잘하게 될 줄 알고 좋아했고요.

하지만 막상 와보니 미국이 별거 없더라고요.

저희 엄마가 그랬는데요, 사실 돈만 많으면 한국이 제일 살기 좋은 나라래요. 제 생각도 그래요. 원래부터 미국을 대단히 동경한 것도 아니었는데 와서 보니까 더 그렇더라니까요. 한국보다 더럽고 복잡한 것도 많고, 공부 경쟁은 없을 줄 알았는데 그것도 아니더라고요, 쳇.

그런데 학교에서 가만 보면 미국 사람 되고 싶어서, 백인 되고 싶어서 안달 난 애들이 꽤 있어요. 저는 그런 애들 정말 밥맛없고 싫어요.

아마도 유니스는 아기 때에 입양돼 와서 그런지, 거 뭐더라? 아, 정체성, 자기 정체성. 그 부분에서 혼란 또는 착각을 하고 있는 것 같아요.

유니스 별명이 뭔지 아세요? 바나나예요, 바나나. 겉은 노란데 속은 하얀 바나나. 속이 아무리 하얘봤자 다들 바나나는 노랗다고 하잖아요. 유니스가 꼭 그래요. 아무리 봐도 노란데 자기는 하얗다고 생각하니까요. 그래서 다들 걔를 바나나라고 불렀죠.

유니스는 공부는 잘하는 편이었는데 자폐아 같은 기질이 많은 아이이었어요. 한국 같으면 왕따니 뭐니 하면서 야단이었겠지만 여기서는 그저 개인의 취향이라고 존중해주는 분위기더라고요. 그건 쿨해서 마음에 들어요.

그러니 제가 유니스를 좋아하지 않은 건 사실이지만 특별히 그 애를 따돌렸다거나 괴롭혔다고 생각하시면 오해예요. 저는 그냥 그런 타입을 안 좋아한 것뿐이었으니까요. 그런 타입? 자기가 누군지도 모르는 바나나걸 타입 말이에요.

그 애를 쫓아다닌 한국 남자애 얘기는 알고 있었어요. 우리 학교 앞에 스타벅스가 있는데 거기 창가 자리에 하루 종일 앉아있었대요. 언뜻 보면 괜찮게 생겼는데 눈빛을 보면 영 또라이라 하더라고요.

만나보셨으면 알겠지만 유니스가 좀 칙칙하잖아요. 키도 작고 가슴도 없는 초딩 몸매에 말도 잘 안 하는 애한테 너의 영혼까지도 사랑한다느니 어쩌니 하면서 스토커같이 쫓아다녔다니 완전 대박이죠.

사실은 전에도 학교에서 조금 유명한 선배 하나가 유니스 때문에 작은 스캔들을 일으킨 적이 있었어요. 그리고 보니 유니스 같은 스타일을 남자들이 은근히 좋아하는가 보네? 웃겨.

아니요, 백인이에요. 우리 학교 풋볼 팀 주전 선수인데요, 아버지가 월가에 사무실을 갖고 있는 부자라 하더라고요. 덩치도 크고 잘나가는 남자애가 금발의 쭉쭉빵빵한 애들을 놔두고 유니스처럼 조그맣고 배배 마른 동양 여자애를 좋아한다며 적극적으로 대시를 하니까 난리가 났죠.

그런데 진짜 웃긴 건 유니스의 반응이었어요.

유니스는 그 선배의 대시를 처음부터 끝까지 그냥 무시했으니까요. 당황하지도 않고 부끄러워하지도 않고 그냥 전혀 관심 없다는 듯이, 남의 일 구경하듯 흘낏 한번 바라보고는 지나가 버리고, 데이트 신청에도 가타부타 말도 없이 무반응이었거든요.

결국 그 선배는 유니스가 신기하고 재밌어 보여서 관심이 생겼던 건데 금방 질리고 흥미가 떨어졌다며 가버렸죠. 은근 자존심 상한 거 같더라고요. 하지만 유니스가 워낙 괴상한 스타일인 걸 다들 아니까 그러려니 하면서 금방 잊어버렸어요.

나중에 들었는데, 유니스가 자기는 남자한테 별 관심 없다 했대요. 그래서 또 한번 난리가 났죠, 유니스가 레즈비언이라느니 하면서. 그런데 사실 그것도 아닌 것 같아요.

제 생각에 유니스는 인간이라는 종류 자체에 그다지 관심이나 호감을 갖지 못하는 것 같아요. 그런 거 있잖아요, 그 애의 무의식 속에 버림받았다는 상처가 있는 거예요. 그래서 아무도 사랑하지 못하고 사랑을 받아들이지도 못하는 거죠. 드라마 같은 데 보면 그런 스토리 가끔 나오잖아요.

그러고 보니 유니스가 좀 안됐다는 생각도 드네요.

유니스는 감옥에 가는 건가요? 아님 정신병원?

혹시 유니스를 만난다면 이런 말을 해주고 싶어요. 어디에 있는지는 모르지만 너에게도 엄마가 있고, 그 분이 너를 버린 건 어쩔 수 없는 사정이 있었기 때문이지 너를 사랑하지 않아서 그런 건 아 닐 거라고. 어우, 생각하니까 쫌 슬프다 진짜.

- 데이비드. 16세. 미국인. 유니스와 같은 고등학교

유니스? 아, 코리아던가 차이나던가 아무튼 아시아 어디에서 데 려왔다는 여자애. 그 애 이름이 유니스였죠, 아마. 얼른 생각이 안 났네요. 그런데 그 애 얘기를 저한테 왜 하는 거죠?

아하, 조용하고 얌전해 보이는 아이였는데 이번에 사고 친 얘기를 듣고 조금 놀랐어요.

우리 학교에 유난히 아시아 애들이 꽤 있어요. 솔직히 좀 시끄럽고 특유의 냄새도 나고 그래요. 제가 대단히 백인 우월주의자는 아 닌데요, 그래도 뭔가 자연스레 섞이기는 어려운 느낌이라고 할까? 그다지 호감을 갖기 힘든 건 사실이에요. 게다가 성격들은 어찌나 악착같은지, 죽어라 공부해서 성적 잘 나오면 우습도록 자랑스러워 하더라고요. 지금 당장 조금이나마 좋은 성적 받는 게 인생에서 뭐 그리 중대한 일인지 모르겠지만 말예요.

사실 학교 성적 좋다고 인생도 잘 풀리는 건 아니잖아요. 이민 왔거나 유학 온 애들이 아무리 공부 잘해봐야 치프가 되기는 어렵지

않겠어요? 그러니까 제 말은, 관리자 정도는 되겠지만 직접 경영자가 되기는 어려울 거란 말이죠. 뭐, 제 생각은 그래요. 저희 아빠도 그런 말씀 하셨고요.

하여튼 저는 솔직히 아시아 애들 별로예요.

그런데 유니스라는 그 애는 같은 아시아 애들하고도 안 친하더라고요. 알고 보니 입양아래요. 그 말을 듣고 아시아 애들이 더 싫어졌죠. 입양을 했든 유학을 왔든 그게 뭐 그렇게 다르다고 비슷한 애들끼리 따로 무리를 지어서 따돌리고 안 끼워주고 야단인지.

제가요? 제가 유니스를 좋아했다고요? 하, 웃긴 얘기네요.

솔직히 적당한 기회가 있었다면 저는 그 애하고 친하게 지낼 수도 있었을 것 같아요.

유니스라는 에, 걔는 그다지 아시아 느낌이 안 나더라고요. 뭐라고 할까, 조금 사차원스러웠다고 할까? 아, 맞아, 차라리 우주에서 왔다고 하면 어울리겠네요. 미국도 아시아도 아닌, 지구 어디에서도 찾기 어려운 우주 소녀 같은 느낌.

아니, 그렇다고 그 애가 대단히 신비스럽고 멋있었다는 얘기는 아니에요. 조그만 아이가 말도 없이 혼자 노니까 눈에 띄고 특이해 보였는데, 저는 그게 많이 나쁘지는 않았다는 정도?

그런데요, 저 지금 풋볼 연습하러 가는 길인데 그만하면 안 돼요? 사실 저 이번 사건에 별 관심 없거든요.

여기가 원래 그렇잖아요. 총기 사건이며 시끄러운 일들이 얼마나 많은데 그깟 아시아 애들끼리 사랑싸움인지 뭔지 쫓아다니고 말다툼하고 싸우고… 그 정도 일로 이렇게 인터뷰까지 하고 다니는지 모르겠네요.

- 그레이스. 41세. 미국인. 뉴욕주 청소년 보호시설 조사관

킴의 눈을 찌른 것은 킴 자신이 아니라 유니스가 분명합니다.

당시 카페에 있던 목격자들의 증언도 그렇고 유니스 자신도 자술서에 썼습니다. 따뜻하고 부드러운 눈빛으로 자신을 보는 킴이 미웠다고. 누군가 그런 눈으로 자신을 바라보는 게 싫었다고.

이해할 수 있나요? 자신을 향한 사랑의 눈길이 두렵고 아파서 차라리 공격적으로 대응하는 소녀의 마음을?

킴이 무사하다는 소식을 전했을 때에도 유니스는 아무 반응 없었습니다. 하지만 잠시 후 조그만 목소리로, 그럼 이제 킴은 한국에 있는 가족에게로 돌아가는 건가요? 하고 묻더군요. 글쎄요. 그가 어디에 있는지 궁금해서라기보다는 킴의 가정에 관심이 있는 것 같아요.

유니스에게 '가정'의 의미는 보통 사람들이 느끼는 가정하고 다릅니다.

그 아이에게 가정은 언제 터질지 몰라 조마조마한 폭탄 같지요.

잘못해서 터지지 않도록 조심조심 관리해야 하고, 조용할 때에도 완전히 마음을 놓을 수는 없는 것. 하지만 늘 한번 마음껏 차지해보고 싶고 온전히 그 안에 거하고 싶어서 미치도록 갈구하는 것이기도 합니다. 그러면서 무지개를 동경하는 아이처럼 바라만 보고 있어요.

양엄마인 제니가 완전히 집을 떠난 건 석 달 전이라지만 이미 오래전부터 제니와 브래드의 결혼 생활은 파국이었습니다. 언론에 나온 것처럼 평범하고 따뜻한 가족이 아니었어요.

제니에게 전화를 걸어봤는데 보스턴으로 이사를 갔다 하더라고요. 버스로 세 시간이면 오가는 거리인데 한 번 찾아와 주지 않겠냐고 했더니 어차피 자기는 이혼을 했고 양육권도 전남편에게 있는데 왜 그래야 하느냐고 되묻더군요.

브래드는 이때까지 딱 한 번 찾아왔습니다. 브래드가 찾아왔을 때 유니스는 은근히 반가워하며 무언가 기대하는 표정으로 양아빠의 눈치를 살폈지요. 하지만 브래드는 사무적인 표정으로 몇 가지 사항들을 말해주고는 아주 짧게 유니스의 어깨를 한번 잡아주더니 돌아갔어요.

유니스가 학교에서 두각을 나타내는 건 아니었지만 성적은 매우 좋았다고 했지요? 그 아이의 자술서를 읽어보니 알 수 있겠더라고요. 아마도 유니스는 책을 많이 읽은 것 같아요. 글을 잘 쓰는 편이었는데 문장력이 특히 좋고 고급한 어휘도 많았습니다. 무엇을 물어봐도 무표정한 얼굴로 별 대답을 하지 않아 큰 기대 없이 자술서를 쓰게 했는데 뜻밖이었죠.

물론 유니스에게 '자술서'라는 표현을 하진 않았어요. 이때까지의 네 인생을 돌아보며 한번 정리하는 의미에서 솔직한 글을 마음껏 써보라고 했지요.

A4지를 주려는 저에게 그 아이가 노트북을 줄 수 없겠냐고 묻더라고요. 노트북을 펼쳐놓고 한참 동안 바라보고 있더니 갑자기 자판을 치기 시작해서는 몇 시간이나 꼼짝 않고 앉아 긴 글을 써냈습니다.

양엄마 제니는 우울증을 앓았던 것 같은데 그런 제니의 기분을 밝게 해주려고 유니스가 애를 많이 썼던 것 같아요. 무심하고 자기 감정에만 빠져있던 제니는 유니스의 그런 노력을 알아보지 못했지만요.

걱정스럽고 두려운 마음을 억누르며 과장되게 수선을 떨다가 시끄러우니 입 좀 닥치라는 야단을 들은 뒤 집에서 한 블록 떨어진 맥도날드에 가서 화장실에 앉아 울었다는 이야기, 그 뒤로 양엄마 앞에서 말은 줄이고 대신 미소만 지으려고 노력했다는 이야기가 나오는데, 참, 제 마음이 아프더라고요.

학교 생활에 대해서도 썼어요. 친구도 선생님도 아무도 그립지 않고 기억에 남는 재미있는 일도 하나 없지만, 학교에 앉아 공부를 하고 있었던 자기 자신은 조금 그립다고 썼더군요.

닉네임이 바나나라고요? 네, 유니스도 알고 있는 것 같아요. 며칠 전 아침 식사에 바나나가 나왔는데 좋아하지 않는다며 냅킨으로 둘둘 싸서 한쪽에 밀어두는 걸 봤거든요.

하지만 지금 제가 알고 있는 유니스는 바나나라는 닉네임과 조금도 어울리지 않아요.

솔직히 이곳에서 바나나라고 불릴 만한 아시아 아이들을 많이 봤습니다. 하지만 유니스는 전혀 그렇지가 않지요.·

유니스는 미국인인 척하는 한국인도 아니고 백인이 되고 싶은 황색인도 아니었어요.

그 아이가 되고 싶은 것은 오직 자기 자신이었죠. 있는 그대로의 자기 자신을 찾고 싶었고 알고 싶어 했습니다. 저는 그렇게 생각해요.

– 유니스의 자술서 일부

… 그렇다면 나는 누구인가. 나는 미국인인가. 한국인인가. 나를 낳아준 친엄마는 누구인가. 왜 나를 버렸을까. 양아빠와 양엄마는 왜 나를 입양해서 키웠을까. 그들이 이렇게 된 원인이 나에게 있는 걸까. 양엄마 제니는 내가 걱정되거나 궁금하지 않을까. 양아빠는 앞으로 나를 어쩔 셈일까. 양엄마처럼 나를 떠나버리는 건 아닐까. 친엄마처럼 어딘가로 나를 보내버리는 건 아닐까. 나는 앞으로 어떻

게 될까. 나는 어떤 사람이 될까. 나는 어디에서, 어떻게 살아야 하는가. 나는 누구인가.

하지만 이제는 이런 질문을 하지 않는다.

이곳에 와서 며칠 만에 마음이 편안해지고 머리도 개운해졌다. 밥맛도 좋고 잠도 잘 잔다.

그렇지만 솔직히 오랫동안 내 머릿속은 '나는 누구인가.'라는 첫 번째 질문에서 시작하여 다음 질문, 다음 질문으로 꼬리를 물고 이어지다가 다시 '나는 누구인가.'라는 마지막 질문으로 돌아오곤 했다. 동그랗게 동그랗게 맴을 도는 질문들 때문에 늘 머리가 어지러웠다.

믿을 수 없겠지만 나는 내가 태어나던 순간의 한 장면을 기억하고 있다.

섬뜩하고 날카로운 어떤 기운들이 갑자기 공격하듯 나를 에워싸는 걸 느껴 응아응아- 소리를 내며 울었다. 나도 처음으로 듣는 내 울음소리가 슬프기도 하고 의아하기도 해서 계속 울고 있는데, 방금 나를 낳은 여자가 지친 목소리로 이렇게 말했다.

"아기가 왜 이렇게 우나요? 너무나 시끄럽고 머리가 아파요."

그러자 간호사가 작은 바구니 같은 데에 나를 담아 들고 어딘가로 갔다. 스쳐 지나가며 언뜻 보니 여자는 몹시 피곤하다는 듯 길고 검은 머리칼을 손가락으로 헤집으며 한숨을 쉬고 있었고, 나는 무섭고 서러워서 주먹을 꼭 쥐고 더 크게 울었다.

이것이 내가 기억하는 내 인생 최초의 장면이다.

하지만 이제 나는 아마도 이건 사실이 아닐 거라고, 나도 모르는 사이에 내 상상 속에서 만들어진 가짜 기억일 거라고 생각하기로 했다. 태어나던 순간을 기억하다니, 말도 안 되는 일이다.

제니가 쪽지 한 장 남기지 않은 채 완전히 집을 떠나버렸을 때 아빠는 모든 것을 다 알고 있었는지 크게 당황하지도 않고 실망하지도 않았다. 이제부터 저녁은 '틱톡'에 나와서 먹으라는 말만 했을 뿐이다. 그곳 매니저와 아빠가 연인 관계라는 소문을 알고 있었기에 어쩌면 좋을지 망설였지만 나는 모르는 척 아빠 말을 따랐다. 그러다가 거기에서 '킴'을 만났다.

그가 나에게 처음으로 쪽지를 주었을 때의 모습을 기억한다.

열 감기에 걸린 것 같은, 조금은 얼이 빠진 듯한 표정으로 내 얼굴을 빤히 보다가 테이블 한쪽에 쪽지를 놓고 갔다. 반으로 접은 종이를 펼쳤을 때 깨끗하고 보기 좋은 글씨체가 인상적이었는데, 그에 반해 철자나 문법이 많이 틀려있었던 게 기억난다. 내용은 잘 기억나지 않는다. 아마도 나를 괴짜라고 하는 학교 애들 중 하나의 장난이라고 생각하고 그냥 버렸던 것 같다.

그러다가 점점 가는 곳마다 그가 있었고, 나를 지켜보고 있었고, 다가와서 말을 거는 때도 있었고, 내가 아무 답을 하지 않으면 슬픈 눈빛으로 잠시 바라보다 돌아서곤 했다. 어떤 날엔 작은 노트나 수첩 같은 데에 일기인지 편지인지 헷갈리는 무엇을 빼곡하게 써서

주는 때도 있었다.

킴이 왜 나를 자기의 소울메이트라고 느꼈는지 주저리주저리 길게 설명한 적이 있었는데 그때부터 나는 그가 몸서리치게 싫었다.

킴의 말에 의하면, 아버지 사업이 실패하고 부모님이 이혼하게 되면서 그는 갑자기 가운데 붕 뜨게 되었다고 했다. 가운데 붕 뜨게 됐다는 게 무슨 말인지 잘 몰랐는데, 엄마에게도 아빠에게도 갈 수가 없어졌다는 얘기인 것 같았다. 그렇게 붕 떠서 날아오게 된 곳이 퀸즈의 고모 집이라고 했다. 아빠가 예전에 고모를 미국으로 유학도 보내주고 여러모로 도움을 준 적이 있어 떠안기듯 한 것인데, 그렇다고 이제 와서 고모라는 낯선 이가 킴을 대단히 반기고 살갑게 대하는 것도 아니었으니 이곳에서도 그는 붕붕 떠다니고 있었던 것 같다. 어학원이나 한인교회에서 한국 친구들을 만나기도 했지만 자신하고는 상황이 다르다고 느껴져 외롭던 차에 내가 입양아라는 것을 알게 되었고, 아하, 그렇다면 얘는 버림받은 내 처지를 이해할 수 있겠구나 싶어 접근한 것이다. 까놓고 말하자면 그런 것 아닌가.

나는 너와 다르다. 나는 너를 이해할 수 없다. 너도 나를 이해할 수 없다.

나는 킴에게 심플하고 정확하게 말했다. 하지만 그는 끈질기게 내 앞에 나타나 이제는 내 얘기를 해보라며 나를 괴롭혔다. 나는 꺼지지 않으면 경찰을 부르겠다, 고 했고 킴은 뜨거운 손으로 내 손을 잡으며 자기 눈을 똑바로 보라고 했다. 그래서 나는 그의 손을 뿌리치고 테이블 위에 있던 포크를 들어 그의 눈을 찔렀다.

그래서 이곳에 오게 되었고, 이제야 모든 것이 좋아졌다.

언제나 내 머릿속은 답을 알 수 없는 생각과 질문들로 너무나 복잡했고, 그래서 늘 피곤했다. 그런데 카드를 뒤집듯이 삭 뒤집으니, 스위치를 끄듯이 톡 누르니 모든 것이 사라지고 깨끗하게 정리되었다.

킴이 말하기를, 사람에게는 떼려야 뗄 수 없는 그림자가 있듯이 그 영혼에도 그림자와 같은 존재가 있는데, 자기가 내 영혼의 그림자이고 내가 킴 영혼의 그림자라고 했다. 그래서 다른 사람에게라면 어떤 표현으로도 설명하기 어렵고 이해시키기 어려운 내면의 느낌을 우리 둘이는 서로 금방 알아들을 수 있다고 했다.

이제 와서 하는 말이지만, 킴의 그 말은 사실이었다. 나는 킴을 이해할 수 있었고, 아마도 킴은 나를 처음 본 순간부터 나의 모든 것을 이해했던 것 같다.

하지만 나는 그런 존재를 원하지 않는다.

태어나서 처음으로 우는 울음소리조차 시끄럽다고 거부당한 아이, 친엄마에게도 양엄마에게도 버림받은 아이, 한국인도 미국인도 아닌 아이. 그런 아이가 나다. 그런 나에게 영혼의 그림자 같은 것은 어울리지도 않고 필요도 없다. 나는 나 자신이 그림자가 되어, 소리 없는 실루엣만 존재하는 그림자가 되어 살기로 했다.

나는 누구인가. 나는 그림자다. 아무도 아닌 채로 허공에 붕 뜬 그 무언가의 그림자다.

내 목소리 보이나요?

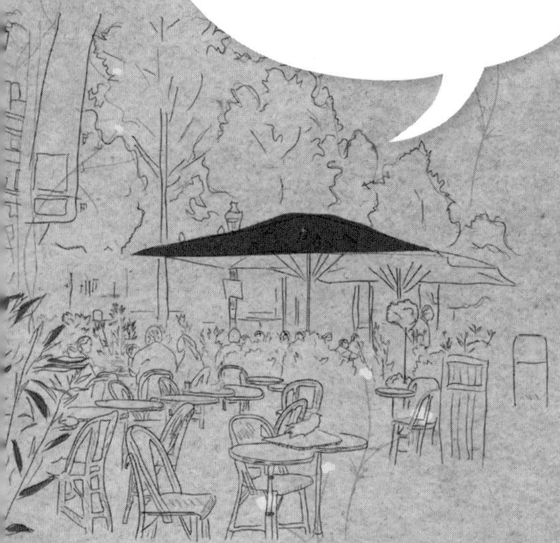

동아리 활동이 있는 날이다.

엄마가 다은이 학교 데려다주러 간 뒤 혼자 등교 준비를 하는 것쯤은 이제 익숙하다. 하지만 빨아놓은 교복 블라우스가 없어서 어제 입었던 옷에 탈취제를 뿌려 다시 입는 것은 정말이지 짜증난다. 엄마에게 다시 한번 말을 해야 되겠다, 고 생각하다가 혼자 속으로 코웃음을 쳤다. 엄마가 언제 내 말에 신경이나 썼던가.

다은이의 농아학교에서 멀리 떨어진 동네에 사는 것도 사실은 나를 위해서가 아니라 다은이를 위해서다. 학교와 가까운 곳에 살게 되면 다은이가 '그런 아이들'하고만 가깝게 지내게 될까 봐, 엄마는 그게 싫은 거였다. 학교는 어쩔 수 없다 해도 방과 후의 몇몇 활동들은 '보통 아이들' 속에서 하는 것을 보고 싶었겠지. 나의 학교생활이나 나의 방과 후 활동들에 대해서는 관심 없었다. 다은이보다 고작 한 살밖에 많지 않은 나에게 '우리 큰 딸, 엄마가 네 걱정은 안 해도 되니 다행이다.'는 말, 웃어야 할지 울어야 할지 알 수 없는 말 한마디를 던져놓고 나에 대해서는 신경 뚝.

그래도 오늘은 동아리 모임에서 민호 샘을 만나는 날이다.

수화 동아리에서 도우미를 하면 봉사 점수를 받을 수 있다는 것 때문에 수화반에 들어갔는데 뜻밖에도 특수교육을 전공하는 대학생 민호 샘이 자원봉사를 하러 왔다.

동아리 첫날, 어떻게 그리 수화를 잘하는지 물어보기에 일부러 더 시큰둥한 표정으로 대답했다.

"동생이 농아라서 그래요."

"그래? 네가 많이 힘들었겠구나."

동생이 농아라는 걸 알았을 때 '엄마가 속상하시겠다, 엄마 많이 도와드려라.'거나 '동생을 잘 돌봐주라.'는 말을 한 사람은 있었지만 '너도 힘들었겠다.'며 내 마음을 알아준 사람은 아무도 없었다. 그 날 나는 민호 샘 앞에서 울컥, 눈물을 터뜨릴 뻔했다.

하지만 수화를 하는 것에 대한 민호 샘의 생각은 나하고 좀 다르다.

"여러분은 부모님, 친구들과 어떻게 의사소통을 하나요? 대화로? 그런데 서로 말이 잘 통하나요? 대화 말고 다른 의사소통 방법은 뭐가 있죠? 핸드폰 문자? 그건 대화의 또 다른 방법이죠. 다른 건 뭐 없나요? 소리를 지르거나 삐친 표정으로? 물건을 집어 던지며?"

아이들이 와글와글 떠드는데 민호 샘이 엄지와 검지를 펼쳐 'ㄱ' 처럼 만들어 오른쪽 볼을 살며시 쓸어내렸다. 내가 보기에 민호 샘의 수화는 아직 좀 뻣뻣한 편이었다.

"어때요? 방금 한 건 '아름답다'는 뜻의 수화였어요. 아름다웠나요? 수화는 또 하나의 아름다운 의사소통 방법이랍니다. 여러분은 머리가 좋으니까 금방 배워서 저보다 더 아름답게 수화로 대화를 나누고 마음을 나눌 수 있을 거예요."

수화로 마음을 나눈다고? 그것도 아름답게? 글쎄. 말소리보다 손가락 부딪히는 소리나 손바닥 비비는 소리가 더 많이 들리는 집에서 사는 내가 보기에 수화는 그저 하나의 도구일 뿐이다. 말도 못 하고 들리지도 않지만 다행히 눈은 잘 보이고 팔이나 손은 멀쩡하니 그걸 가지고 욕도 하고 싸우기도 하는 거다. 그렇게 해서 의사는 전달할 수 있지만 마음을 나누는 건 별개의 문제다. 나는 말도 할 수 있고 수화도 할 줄 알지만 출장이 잦은 아빠는 물론이고 엄마하고도, 동생하고도, 우리 집의 그 누구하고도 마음이 통하지 않는다.

그나마 학교에서는 말이라도 많이 하니까 좀 덜 답답한 것 같다.

교실에 들어서자 내 자리에 세나가 앉아있다. 중학교 1학년 학기 초부터 단짝이 된 세나. 다른 반이 된 올해에도 틈만 나면 찾아와 내가 외롭거나 심심할 새가 없게 만들어주는 고마운 친구.

핸드폰을 들여다보고 있던 세나가 나를 보더니 대뜸 이상한 손짓을 해댄다.

"뭐야?"

"아이 참, 잘 봐봐."

그러더니 다시 한 번 오른손으로 다른 쪽 팔뚝을 슥슥 훑어 내린다. 아하, 안녕.

"뭘 그렇게 어렵게 해? 그냥 손을 흔들거나 고개를 꾸벅하면 될걸."

"이렇게 하는 거라는데? 내가 수화 앱을 깔았거든."

외동딸인 세나는 엄마의 애정 과잉으로 피곤해하고 있는 중이었다. 수화를 배워서 엄마에게 말 대신 손짓만 하겠다며 나를 따라 수화반에 들어왔다.

"나 어제부터 엄마한테 말 한마디도 안 했다. 엄마도 버티느라 말 안 하고 있는데 오래 못 갈 것 같아. 답답해 죽겠는 표정이더라고."

"엄마가 신경 써주면 고마운 줄 알아야지, 배가 불러서 야단이네."

"신경을 써줘서 고마워? 완전 사람 미치게 들들 볶는다니까? 조용히 넘어가는 일이 없어."

하지만 그것도 사랑의 또 다른 얼굴이 아닐까. 엄마에게서 받는 것이 아예 아무것도 없는 내가 보기에 세나의 불평은 배부른 투정 같아 어쩐지 씁쓸하다.

"오빠 쌤이 오늘 쓸 만한 수화 많이 가르쳐줬으면 좋겠다."

"쓸 만한 수화?"

"우린 너무 안 맞는 것 같아. 우리 이제 헤어져. 다음 생에선 내가 니 엄마가 되어 괴롭혀주마. 뭐, 이런 거."

"아우, 이 또라이."

"너는 그런 거 다 알지? 나 좀 가르쳐줘, 속성으로."

"편지를 써봐, 엄마한테."

"됐네. 앗, 종쳤다. 언니 간다."

그러나 사차원 또라이 내 친구의 바람과 달리 동아리 시간에 민호 쌤이 준비한 것은 반가워요, 또 만나요, 사랑해요 같은 가사로 된 간단한 수화 노래였다.

"이게 뭐야? 오빠 쌤 완전 실망이네. 쓸 수 있는 말이 하나도 없잖아. 근데 너, 아까 진짜 잘 하더라. 오빠 쌤보다 니가 훨씬 더 잘 하던데."

그럴지도 모르지. 하지만 오늘 동아리 시간에 배운 말들은 나도 평소에는 해본 적 없는 말들이다. 엄마가 다은이에게 '사랑해'라고 수화하는 걸 본 적은 있지만 그 외에 우리 가족 아무도 서로에게 '사랑한다'는 말 같은 건 하지 않는다. 어쩌면 세나가 배우고 싶다는 말, 그런 것들이 나의 진심인지도 모르겠다.

정말 수화를 제대로 배우고 싶은 거라면 영어의 알파벳과 같은 지화부터 익히라고 조언해줬건만 역시나 세나는 거부했다. 대신 '네 목소리 듣기 싫다.'라는 짧은 문장의 수화 동작을 율동 외우듯이 외워갔다. 엄마가 무슨 말을 하든지 '목소리 듣기 싫어.'만 계속해서 보여주겠다는 거다.

"우리 엄마 완전 뒤집어질 거야."

큭큭큭, 즐거워하는 세나와 헤어져 집으로 와 문을 열고 들어섰는데 집안 분위기가 어둡게 가라앉아 있다. 웬일일까. 엄마랑 다은이는 민호 쌤 말처럼 수화로 마음을 나누고 모든 것을 나누는 아름다운 사이인데. 말을 할 수 있는 나에게는 꼭 필요한 말밖에 하지 않는 엄마가 다은이하고는 수화로 얼마나 시시콜콜 많은 대화를 나누는지 옆에서 보고 있으면 눈이 시릴 정도인데.

거실 소파에 앉아 책을 읽고 있는 다은이는 고개도 들지 않고 그 속에 빠져있다. 옆으로 다가가 손가락으로 톡톡, 어깨를 치자 그제야 나를 쳐다보며 희미하게 웃는다.

'왔어?'

'엄마는?'

'안방에.'

'왜?'

'머리 아프대.'

다은이는 얼굴을 약간 찡그리더니 다시 고개를 숙이고 책에 코를 박는다. 이제 다은이가 고개를 들어 주변을 둘러보기 전까지 이 아이는 홀로 고요한 세계에 있는 거다. 바로 옆에서 누가 벼락같이 큰 소리를 내어본들 아무 소용없다. 워낙 책 읽는 걸 좋아하는 아이였는데 작년 즈음부터 부쩍 혼자만의 세상에 들어가는 시간이 많아졌다. 무슨 책을 만날 읽어대는 걸까?

엄마는 침대에 누워 팔뚝을 이마에 올린 채 눈을 감고 있었다. 숨소리를 들어보니 잠이 든 건 아니었다. 그런데도 나에게 아무 말도 안 하고 가만히 눈을 감고 있다.

"나 왔어."

여전히 아무 말이 없다.

"나 왔다고."

"알았어. 가서 씻고 공부해."

"왜 그래?"

"아후, 머리가 좀 아파서 그래."

엄마는 짜증을 내며 옆으로 홱 돌아눕는다.

뭣 때문에 머리가 아픈데? 다은이 때문에? 엄마가 사랑하는 다은이 때문에? 그렇지만 나도 엄마 딸인데, 나 학교 갔다 왔는데, 내 얼굴 좀 봐주면서 말하면 안 돼?

하지만 나는 이런 말을 하지 않는다. 집에서는 내 생각을 입 밖에 꺼내지 않는 게 자연스러워진 것 같다. 내 마음, 내 생각, 속으로 혼자 하는 말, 입을 열어 하는 말, 손으로 하는 말… 모든 것이 여기저기에 뿔뿔이 흩어져있다. 집에서의 나는 여러 조각으로 금이 간 거울 속에 비친 나다.

"감기야? 약 갖다 줄까?"

엄마는 여전히 등을 돌리고 누워 아무 말이 없다.

됐어, 나도 더 이상은 노력하기 싫어.

등을 휙 돌리며 방을 나서려는데 갑자기 엄마가 벌떡 일어나 앉더니 하소연을 시작한다. 이럴 줄 알았어, 익숙한 순서.

"니가 다은이한테 말 좀 해봐라. 수영이나 요가나 아무거나 하나만 배우자니까 죽어도 싫단다. 쟤, 운동은 요만큼도 안 하고 만날 책에 코만 처박고 있잖아."

"하기 싫은가 보지. 그냥 냅둬."

"그냥 냅두라니, 너는 언니가 돼가지고 그런 식으로밖에 말 못하니? 쟤가 사실, 운동신경이 나쁜 편이 아니야. 너도 알지?"

운동신경이라. 귀가 안 들리는 사람이 운동을 잘하기 어렵다는 건 당연한 얘기다. 그런데도 엄마는 다은이가 사실 운동신경이 나쁘지 않다고, 하기만 하면 잘할 거라고 생각한다. 나에 대해서 엄마는 어떤 생각을 할까? 나에 대해서 생각이라는 걸 하기는 할까? 마음속에서 무언가가 부글부글 끓어오른다.

"그러엄. 운동신경 뛰어나시겠지. 다은이가 못하는 게 뭐 있겠어?"

"너 말투가 왜 그래?"

"내가 뭘? 다은이 귀 안 들리는 거 하나 빼면 완벽한 애라고 말하는 건데. 난 솔직히 다은이가 부러워."

"지금 그게 무슨 말이야?"

"난 귀 하나 들리는 거 때문에 나머지는 아무것도 가진 게 없는데 다은이는 귀 빼고 모든 걸 다 가졌잖아."

"너, 지금 그걸 말이라고 해?"

"응, 말이라고 해. 다은이는 손가락만 봐도 척척 마음이 통하는데 내 말은 아무리 들어도 뭔 소린지 모르겠지?!"

"엄마 힘든 거 알면서 너까지 이래야 되겠어?!"

"나는 왜 이러면 안 돼? 나는 이 집의 덤이야?!"

가슴이 쿵쾅쿵쾅 뛰는데도 일부러 큰 소리를 질렀다. 소리를 질러 속이 시원해지지는 않았지만 엄마 얼굴이 하얗게 변하는 걸 보자 고소한 느낌이 들었다. 한 마디만 더 해봐, 이번엔 나도 지지 않고 끝까지 받아치겠어. 하지만 엄마는 입을 벌린 채 내 얼굴을 바라보며 아무 말이 없었다.

문을 활짝 열어놓고 과장되게 식식거리며 안방을 나왔는데도 엄마는 쫓아 나와 내 등짝을 후려치지도 않고 아무 소리도 없이 조용했다. 음, 이제 나, 어떡해야 되지?

현관 앞에 서서 잠시 망설이고 있는 나에게 다은이가 다가와 얼굴을 들이밀며 말한다.

"어이, 왜 그애? 어이 아? (언니, 왜 그래? 어디 가?)"

자신의 목소리와 발음이 남에게는 이상스럽게 들린다는 걸 알게 된 뒤로 다은이는 급한 순간이 아니면 입으로는 말을 하지 않았다. 그러니 지금 이렇게 입으로 말을 하는 건 뭔가 안 좋은 분위기를 알아차렸다는 뜻. 하지만 나는 모르는 척 고개를 돌렸다.

못 본 척, 안 보이는 척, 못 알아들은 척, 안 들리는 척. 나는 가끔씩 다은이에게 어떤 척을 한다. 하지만 엄마는? 엄마는 나에게 무슨 척을 하고 있는 걸까?

∞

학교가 끝나고 나오자 역시나 교문 앞에 엄마가 차를 대고 기다리고 있었다. 집에 돌아가는 길만이라도 혼자 다니고 싶다고 그렇게나 말을 해봤지만 엄마는 요지부동이었다. 대신 일주일에 한 번 집에서 멀지 않은 구립도서관에 혼자 오가는 것을 허락받았다. 유일하게 숨통 트이는 시간.

엄마가 베란다에서 지켜보고 있을 게 뻔하기 때문에 코너를 돌아선 다음 주머니에서 이어폰을 꺼내 귀에 꽂았다. 요즘 아이들이 길에서도 이어폰을 꽂고 다녀 사고의 위험이 많다는 기사를 읽은 적이 있었다. 이어폰을 꽂고 있으면 나도 그런 아이들 중 하나가 되는 것 같아서 마음이 편했다.

아이쇼핑하듯 서가를 거닐다가 마음에 드는 책을 빌려 배낭에 담았다.

요즘은 일본 작가들의 추리소설을 읽고 있다. 일본 추리물은 미국이나 유럽의 추리물처럼 사건만 급하게 나오지 않고 개인의 심리적인 문제에 대해 좀 더 깊이 파고드는 부분이 많아서 매력이 있다.

아름다운 동화나 청소년들의 아옹다옹하는 이야기가 아니라 심각하고 섬뜩한 추리물을 읽어대는 게 엄마는 마음에 들지 않는 눈치였지만, 뭐 어때. 추리소설을 읽으며 낯설고 스릴 넘치는 세상을 경험하는 건 고요한 호수 같은 내 생활에 날아드는 신선한 바람인걸.

손가락에 와 닿는 길가 담쟁이의 까슬까슬한 이파리, 바람이 머리칼을 헤집는 느낌, 골목에 모여 선 아이들이 입을 크게 벌려 웃고 떠드는 그림, 그런 것들 안에서 나도 평범한 하나의 주변 인물이 되어 천천히 집으로 걸어왔다.

하지만 집에 들어서는 순간, 가볍고 자유로웠던 내 마음에 돌덩이 하나가 턱- 하니 얹히는 것 같았다.

'우리 딸, 책만 읽지 말고 운동도 좀 하자.'

'됐어.'

'수영이나 요가는 너도 잘할 수 있어. 엄마가 다 알아봤다니까.'

'관심 없다고.'

'운동을 해야 돼. 너, 너무 운동 부족이야.'

더 이상 대꾸하지 않고 그냥 돌아섰다.

엄마가 괜스레 이런저런 잔소리를 늘어놓는 이유는 사실 다 내 학교 문제로 마음이 불편한 탓이다.

대부분의 사람들은 자기가 사는 동네에 장애인 시설이 생기는 걸 매우 싫어한다. 내가 다니는 농아학교도 처음에 세워질 때부터 꾸준히 반대하며 눈총 보내는 사람들이 많았는데, 뜻있는 건축가가 아름답게 설계를 해주시고, 일요일에는 학교 강당을 교회로 쓰게 하는 등 여러 가지로 노력을 해서 간신히 설립된 것이다. 그런데 최근 들어 학교를 축소하여 이전하거나, 그게 아니라면 우리 학교의 건물 하나를 일반 유치원으로 세를 놓아야 하는 형편이 되었다. 예전에 비해 농아가 빠르게 줄어들고 있기 때문이다. 나처럼 선천적으로 귀가 완전히 안 들리는 경우는 어렵지만 어려서 병에 걸려 귀가 안 들리게 된 거라면 고칠 수 있는 방법이 많아진 거다. 하여튼 이러저러한 이유로 요즘 학교가 많이 어수선하다. 부잣집 딸이라고 소문난 현진이는 영국 유학을 준비 중이라 했다. 얼마 전에는 아빠에게 현진이 얘기를 하면서 불평하는 엄마 입술을 몰래 읽을 수 있었다.

엄마가 좀 더 낙천적인 사람이면 좋을 텐데. 엄마에게 도움이 될 것 같은 책들을 알고 있지만 내가 선뜻 권해주는 게 어색한 것 같아서 망설이고 있다.

지금 같아선 턱도 없어 보이지만 언젠가 엄마가 씩씩해지고 굳센 마음을 먹는다면 그때 나는 엄마에게서, 우리 집에서 독립할 거라는 꿈을 꿔본다. 지금은 엄마가 나를 가족의 일원이 아니라 보살핌받아야 하는 강아지나 화분이나 그 어떤 존재로 여기는 것 같아 절망스러운 마음이 들 때가 많다. 그런 기분이 들 때면 나는 내가 싫어진다. 아니야, 어두운 생각은 좋지 않아. 긍정적인 마음을 가져야 해.

사실 난 태어났을 때부터 늘 같은 상태였기 때문에 소리가 들리는 세상에 대한 호기심과 동경은 있으나 아쉬움은 없다. 궁금하기는 하다. 책에서 '수상한 발자국 소리에 불안한 듯 컹컹 개가 짖었다.'라거나 '나뭇가지 위에 쌓인 눈송이가 털썩 소리를 내며 떨어져 내렸다.' 같은 문장이 나오면 몇 번씩 읽어보며 사탕을 빨 듯 그 문장을 음미하고 느껴보려고 노력했다. 아무리 애를 써도 나로서는 상상도 할 수 없는 세계가 있다는 것이 답답하기는 했다. 하지만 참을 만하다.

갈수록 더 참기 어려워지고 있는 것은 내가 가족들에게 짐 같은 존재가 되고 있다는 느낌이다. 엄마가 나에게 지나친 관심을 쏟으며 작은 일 하나하나 계획해주는 것. 운동을 하라, 아니면 다른 거 뭐 배우고 싶은 건 없는지, 건강과 안전에 대해서 어린아이에게 하듯 걱정하며 살펴주는 모든 것들은 사랑해서라기보단 부담스럽기 때문이 아닐까.

내가 엄마에게서 독립하기를 꿈꾸는 것처럼 엄마도 나에게서 그만 독립하고 싶은 적이 있었겠지. 엄마는 그 꿈을 깨끗이 포기해버린 것 같지만 나는 포기하지 않겠다. 나는 언젠가 새처럼 자유롭게 훨훨 날아갈 것이다. 내가 당신들에게 짐짝처럼 매달려있는 존재가 아니라는 것을, 나에게도 존재의 이유와 의미가 있다는 것을 보여주고 싶다.

'너 때문에 엄마 머리가 깨질 것 같다.'

내게 말을 하면서도 수화가 아니라 입술로만 말을 하는 건 '지금 몹시 피곤하고 짜증이 난다.'는 엄마만의 제스처다. 그리고 그럴 때 나는 제대로 읽지 못한 척 뚱한 표정을 짓는다.

엄마가 안방으로 들어가 버려 나는 편안한 마음으로 빌려온 책을 읽기로 했다. 눈앞에서 안 보이면 머리에서도 일단은 오프(off) 시켜버리는 게 편하다는 걸 알고 있었다.

한창 책에 빠져있는데 갑자기 어깨에 톡톡. 언니 손가락이다.

요즘 들어 나를 향한 언니의 눈빛과 손길이 날카로워졌다. 집안에 장애아가 있으면 다른 형제, 자매가 얼마나 스트레스를 받는지에 대한 글을 읽은 적이 있다. 언니는 내가 밉고 싫을 거다. 하지만 이건 내 잘못이 아니니까 나는 언니에게 미안하다고 하지 않을 거야.

안방으로 들어간 언니가 잠시 후 상기된 얼굴로 뛰쳐나오더니 다시 신발을 신으려고 현관 앞에 서있다. 온몸에서 거칠고 뜨거운 기운이 활활 뿜어져 나왔다.

'언니, 왜 그래? 어디 가?'

굳은 표정으로 이를 악다문 언니는 나를 한 번 흘겨보더니 그대로 집을 나가버렸다.

안방으로 가보니 엄마가 침대에 앉아 고개를 숙이고 있었다.

내가 다가갔는데도 고개를 들지 않고 그대로 있기에 할 수 없이 침대 앞에 쪼그리고 앉아 엄마를 올려다보며 물었다.

'왜 그래?'

그런데, 엄마가 뭐라 말할 수 없는 표정을 짓고 있었다. 울고 싶은 걸 참는 건지 입술을 깨물고 쌍심지를 모은 채 너무나 괴로운 얼굴로. 깊은 생각에 빠진 것 같기도 하고, 초점을 잃은 것 같기도 한 눈빛으로. 엄마가 힘들어하는 모습을 처음 본 건 아니었지만 오늘은 유난히 어두운 얼굴이라 내 마음도 복잡해지면서 아파왔다.

내 잘못은 아니지만 나라는 존재가 우리 가족에게 무겁고 부담스러운 그림자를 드리우고 있다. 엄마를 그대로 두고 슬그머니 나와 베란다 앞에서 밖을 보니 언니가 놀이터 쪽으로 걸어가는 게 보였다. 마음을 추스른 엄마가 다시 말간 얼굴을 꾸미고 나와 아무 일도 아니었던 척하는 걸 보기 전에 집을 빠져나가고 싶었다.

평일 오후, 놀이터에는 생각보다 사람이 없었다. 기저귀를 찼는지 엉덩이가 불룩한 아기 하나가 넘어질 듯 뒤뚱거리며 뛰어다니고 엄마처럼 보이는 젊은 여자가 아기를 쫓아다니고 있었다. 한쪽에 있는 그네에 앉아 아기와 엄마를 멍하니 보고 있던 언니가 나를 발견하고는 놀란 표정을 지었다.

'혼자 나온 거야?'

'혼자 나왔지, 그럼. 내가 무슨 바보인 줄 알아?'

옆 그네에 털썩 앉아 아무 말도 안 하고 앞만 보고 있으니 조금씩 나를 훔쳐보던 언니가 먼저 말을 걸었다.

'저 아기하고 엄마, 엄청 신기해. 아기는 분명히 다- 다- 하는 소리만 냈는데 엄마는 시소인 줄 알아듣고 시소를 태워주고, 부- 부-

하는 소리를 내니까 미끄럼틀인 줄 딱 알아듣고 미끄럼틀을 태워주는 거 있지. 놀랍지 않냐?'

별 관심 없는 일이라 가만히 있었는데 언니가 씁쓸한 표정으로 다음 말을 했다.

'너랑 엄마 보는 것 같다.'

아니, 그게 무슨 말이야? 언니가 어떤 뜻으로 이런 말을 하는지 모르겠다.

게다가 내가 보기엔 좀 다른 그림인걸.

어쩌면 아기의 '다'는 시소가 아니라 전혀 다른 어떤 것이 아닐까. 그러니까, 목이 마르다거나 집에 가고 싶다거나 하는 것. '부'도 미끄럼틀이 아니라 안아달라거나 졸리다는 표현이 아닐까. 그런데 젊은 엄마는 자기가 아기 마음을 꿰뚫어 보기라도 하는 것처럼 자기 마음대로 이렇게 저렇게 해주면서 혼자 즐거워하고 있는 거다. 아기도 딱히 시소나 미끄럼틀을 타고 싶었던 건 아니지만 엄마가 해주는 걸 누려보니 나쁘지 않고 은근히 재미있기도 해서 방실방실 웃고 있는 거다. 하지만 이제 곧 재미없어진 아기가 짜증을 내면 평화는 깨어지고 말겠지.

언니와 내가 평범한 자매였다면 엄마 때문에 스트레스 받는 마음을 서로 털어놓을 수 있었을까. 아니면 지금과는 또 다른 관계 속에서 또 다른 문제를 안고 여전히 소통되지 않는 마음을 각자 일기장에나 털어놓았을까.

갑자기 언니가 그네에서 펄쩍 뛰어내리더니 누군가에게 꾸벅 인사를 했다. 바라보니 저쪽에서 어떤 젊은 남자가 자전거를 타고 오다가 언니를 향해 웃으며 손을 흔들고 있었다. 귀엽게 생긴 남자였다. 누굴까? 언니가 저 남자를 좋아하고 있다는 느낌이 들었다.

언니는 내가 곁에 있다는 것도 잊어버린 듯 놀이터를 가로질러 정신없이 뛰어갔다. 자전거 오빠와 웃으면서 이야기 나누는 언니 모습이 밝고 예뻐 보였다. 그러고 보니 요즈음 집에서는 언니가 저렇게 활짝 웃는 적이 없었다. 어렸을 때엔 나하고 공기놀이도 하고 목욕도 같이 하며 친한 친구처럼 지냈었는데 언제부턴가 쌀쌀맞고 새침하게 변해버려 말 걸기도 어려웠다. 나하고 말이 잘 안 통해서 그런가, 사춘기라서 늘 기분이 안 좋은 건가 싶었는데, 지금 보니 잘 웃고 명랑한 언니 성격은 그대로였다.

갑자기 그 남자가 자전거를 끌고 내 쪽으로 걸어왔다. 조금 떨어진 옆에서 쫓아오며 언니가 황급히 말을 했다.

'학교 동아리 수화반 선생님이야.'

수화반? 언니가 왜? 집에서도 쓰기 싫어하는 수화를 학교에서 왜?

∞

다은이가 혼자서 놀이터에 나올 줄은 몰랐다. 엄마가 나가보라고

했나? 아니야, 그랬을 리가 없다. 분명히 엄마는 아무 일도 아니라
는 얼굴로 다은이를 대했을 거다. 내 걱정 따위는 하지도 않고 그
저 다은이 마음 불편할까 싶어 신경 써줬을 거다. 게다가 엄마는
다은이 혼자서는 문밖으로 한 발짝도 못 나가게 하는 사람이다. 귀
가 안 들리니 사고의 위험이 높고, 험한 세상에서 여리고 순진한 다
은이가 무슨 일을 당할지 모른다는 걱정 때문이다. 나는? 내 걱정
은 안 되나? 너는 니가 알아서 잘하잖아. 아, 듣기 싫은 소리.

　다은이도 엄마 없으면 꼼짝도 못 하는 줄 알았는데 어떻게 나온
걸까? 갑자기 여기엔 왜 나왔지? 나를 쫓아 나온 건가? 엄마한테
얘기는 제대로 하고 나왔나? 하긴, '나는 바보가 아니다.'라며 퉁명
스레 말하는 다은이를 보니, 그렇구나, 다은이도 이제 어린아이가
아니구나.

　놀이터의 아기와 엄마를 보고 있으니 일심동체처럼 쿵짝이 맞는
다은이와 엄마가 떠올랐다. 그래도 '저 둘의 아름다운 모습이 엄마
와 너 같아서 부럽다.'는 말 같은 건 하지 말았어야 했는데. 그게 무
슨 유치한 소리냐는 듯 눈을 크게 뜨고 바라보는 다은이 얼굴을
똑바로 마주보기 어려웠다.

　열등감을 숨기느라 유난히 자존심 센 척하는 나하고는 다르게
다은이는 대체로 느긋하고 당당한 성격이었다. 책을 많이 읽어서
그런지 가끔 동생이 아니라 몇 살은 많은 언니처럼 어른스럽게 느
껴졌다. 정작 다은이는 자신의 장애에 대해 아무렇지도 않게 받아

들이고 있는데 나만 그로 인해 힘들어하고 있는 것 같아 화가 날 때도 많았다.

부끄러운 생각이 들어 열심히 발을 굴러 그네를 타고 있는데 저쪽 골목에서 민호 샘이 나타났다. 자전거를 타고 가는 걸 보니 집에 가는 길인가 보다. 민호 샘을 좋아하는 건 아니지만, 뭐랄까, 민호 샘만 보면 마음이 따뜻해지면서 친해지고 싶었다. 세나랑 붙어 다니면서 수다 떨고 뭐든지 털어놓는 거하고는 좀 다른 기분. 민호 샘에게 내 속마음을 더 많이 보여주고 싶은, 그래서 민호 샘이 '그랬구나. 어이구, 우리 다정이가 많이 속상했겠네…' 하면서 내 머리라도 쓰다듬어준다면 어떨까 하는 상상.

앗, 민호 샘이 나를 본 것 같다. 팔을 번쩍 들어 손을 흔들며 웃어주고 있다. 나도 모르게 그네에서 뛰어내려 민호 샘을 향해 달려갔다. 민호 샘, 이렇게 또 만나게 되다니 우리, 무슨 인연인가요.

"누구니? 동생이야?"

그렇지. 다은이가 있었구나.

"눈이 동그란 게 둘이 꼭 닮았네."

민호 샘이 자전거를 끌고 성큼성큼 걸어갔다. 어쩌지? 학교에서 수화반에 들어갔다는 걸 다은이나 다른 가족이 아는 게 싫은데. 거봐라, 수화를 할 줄 아니까 그런 좋은 점도 있지 않니? 하는 말 듣게 될까 봐 싫었고, 툴툴대고 있지만 사실은 우리 집의 특별한 상황에 대해 애정을 품고 있는 것처럼 보이는 것도 싫었다. 봉사 점수 때문에 그런 거야. 다른 뜻은 없다고.

쑥스러워할 줄 알았던 다은이는 의외로 아무렇지 않게 민호 샘과 인사를 하고 이야기를 나누고 있다. 민호 샘도 동아리반에서는 하지도 않았던 얘기, 그러니까 자기에게 정신지체가 있는 사촌 형이 있다는 얘기를 했다. 그래서 특수교육을 공부하게 되었다는 얘기도 하고.

'그런데 그 형이 수학 천재라니까. 내가 계산기로 하는 것보다 더 빨라.'

'우리 학교에도 그런 아이가 있어요.'

'어느 학교지? 여명? 뿌리?'

'여명학교요.'

'아하, 여명학교가 요즘 좀 힘들지? 멀리 이사를 가느니 차라리 뿌리하고 합치는 게 어떨까 싶던데 그건 또 어려운가 봐.'

'네, 여러 가지로 복잡한 것 같아요.'

무슨 일이 있나? 다은이 학교가 왜?

'잘 해결될 거야, 걱정 마. 그나저나 다은이는 뭘 잘하나? 꿈이 뭐야?'

'저는 글 쓰는 걸 좋아해요. 소설을 써보려고요.'

소설이라고? 오, 역시.

'이야, 작가구나.'

'그 정도는 아니고요. 그냥 좋아하는 거예요.'

"다정이는 무슨 특기가 있지?"

민호 샘이 갑자기 나를 향해 물었다. 다은이에게만 관심 폭발하는 줄 알고 조금쯤 삐치고 있었는데 갑자기 뜻밖의 질문을 하시니 바보같이 어버버버.

"어, 저는 뭐, 그냥…."

'우리 언니는 배려심이 많고 뭐든지 알기 쉽게 잘 가르쳐줘요. 어렸을 때 공기놀이도 언니가 가르쳐줬고요, 오므라이스, 계란말이도 언니가 가르쳐줬어요.'

"맞아. 수화반에서도 보조교사 역할 톡톡히 하잖아."

헉. 공기놀이며 오므라이스, 계란말이가 뭐 그리 대단한 거라고, 게다가 그게 다 언제 적 일인데 여기에서 갑자기 그런 얘기를 꺼내니 도대체 할 말을 모르겠다. 최근 1, 2년 동안엔 다은이하고 좋은 분위기에서 무얼 같이 해본 기억이 없는데 말이다.

그러고 보니 다은이와 내가 세상에 둘도 없는 사이였던 적도 있었다.

연년생이지만 워낙 다은이가 체구도 작고 귀도 안 들리는 탓에 한참 어린 동생 같았다. 내가 초등학교 1학년 정도였을 때까지도 나는 다은이를 끔찍하게 아끼고 다은이는 나를 엄마보다도 더 믿고 따랐다. 밤마다 다은이를 위해서 기도하고, 영원히 다은이를 지켜주겠다고 다짐하던 어린 날의 내가 기억난다. 다은이에게 '귀머거리'라고 놀리는 동네 아이가 있었는데 다은이가 속상할까 봐, 정작 다은이는 별로 신경 안 썼지만, 나도 귀에 솜을 틀어넣고 귀가 안 들리는 척하며 지낸 적도 있었다.

그러다가 점점 크면서 혼자 숙제하고 혼자 학교 다니고, 열심히 공부해서 백 점 받아오면 '으응, 잘했어.' 한마디로 끝나버리고, 시험을 못 봤다고 혼나는 적도 없고, 나에게 어떤 일이 생기면 할머니나 이웃 아줌마에게 부탁해놓고 엄마는 다은이 챙기느라 바쁘고… 그러면서 점점 이렇게 돼버린 것 같다. 나쁜 환경이 아이를 망친 케이스라고나 할까.

'언니가 있어서 좋지?'

'네.'

'크면 더 좋을 거야. 나도 누나가 둘 있는데 둘이 완전 붙어 다니는 거 보면 부럽더라고.'

'그런데, 저는 언니한테 별 도움이 안 돼요.'

'그게 무슨 말이야?'

'저는 우리 가족한테 부담스러운 존재잖아요.'

뜻밖의 말에 가슴이 쿵- 내려앉도록 놀랐는데 어깨를 으쓱하며 말하는 다은이의 표정은 쿨하고 담담했다. 가끔 내가 어떤 말을 할 때에 세나가 '오, 시크한데!' 하면서 웃는 경우가 있었는데, 아마 그때의 내 얼굴이 지금 다은이 같았을 거란 생각이 들었다. 그런 때에 나의 속마음은 '찌질해 보일까 봐 쎈 척한 건데 시크하다니 다행이군.' 하는 것이었지만 말이다.

'왜 그렇게 생각해?'

'저 때문에 다들 힘들고 희생하니까요.'

'그렇지 않아. 가족끼리 그런 게 어디 있어.'

'가족이라도 힘든 건 힘든 거니까요.'

맞는 말씀. 가족이지만 힘든 건 힘든 거다. 그리고 나는 정말 많이 희생했다.

'다은이가 있어서 다른 가족들이 고맙고 행복할 때도 있는 거야. 그렇지, 다정아?'

또 한 번 기습 공격. 나는 영혼 없이 고개만 끄덕거렸다. 하지만 정말 그런가? 정말로 다은이가 있어서 기쁘고 행복한가? 아까도 말했다시피, 예전엔 그런 날도 있었다. 하지만 지금은? 지금은 잘 모르겠다. 그렇지만 만약에, 만약에 다은이가 없다면? 자매라곤 다은이 뿐인데, 다은이가 없어지고 나 혼자 있다면? 오오, 그건 아닌데….

'너, 엄마 앞에서 그런 말 하지 마, 난리난다.'

'엄마도 나 힘들어해. 내가 이런 게 엄마 잘못도 아닌데 엄청 무거운 책임감 안고 있잖아.'

그런가? 엄마 마음에 대해서는 생각해본 적 없기 때문에 잘 모르겠다. 하지만 뭐, 엄마라면 자식에 대해서 책임감 가지는 게 당연한 거 아닌가. 다만 상황에 따라서 어느 자식에게는 특히 많은 책임감을 느끼고, 어떤 자식에 대해서는 조금 덜 느끼고… 그럴 수는 있겠지.

'책임감도 있겠지만…, 그것도 사랑이라고 생각해, 난.'

그래서 니가 부럽고 샘났었다는 말은 안 했다. 그래서 엄마한테 찡찡대고 뛰쳐나온 거라는 말도 안 했다. 동생 앞에서 더 이상 망가질 순 없지. 그런데, 가만히 나를 쳐다보는 다은이의 까만 눈을 보니 엄마 생각이 났다. 지금 엄마는 어쩌고 있을까? 내 걱정에 다은이 걱정까지 미칠 지경이겠지. 그것 참 쌤통일세.

"우리 예쁜 박 자매한테 선생님이 아이스크림 하나씩 사줄까?"

민호 샘이 자전거를 끌고 천천히 걸어가는데 다은이가 민호 샘의 자전거 안장을 손으로 매만지며 쭈뼛쭈뼛 따라간다. 문득, 다은이와 둘이 자전거를 타고 한강변을 달려보면 재밌겠다는 생각이 들었다. 그런 날이 올 수 있을까.

전화벨이 울려서 보니, 엄마다.

다은이 목에 걸린 핸드폰에도 엄마 문자가 와있을지 모르겠다. 다은이가 핸드폰 진동이라면 엄청 빨리 알아채는 아이인데 아무 기색이 없는 걸 보면 아직 안 보냈나? 웬일로 나한테 먼저 연락을 했대? 둘이 같이 있는 걸 알았나? 받을까, 말까.

끝까지 받지 않으니 이번엔 문자가 왔다.

전화 왜 안 받아? 빨리 들어와. 아빠 일찍 오시라 했으니 우리 둘이 찜질방 가자.

찜질방? 나는 찜질방을 좋아하는데 다은이는 답답하다며 싫어했다. 그래서 나도 덩달아 못 가게 됐다며 투덜거린 적이 있었는데 그 생각이 났나? 흥.

일단 지금은 민호 샘이 아이스크림을 사준다는 중대한 순간이다.

나는 핸드폰을 주머니에 찔러 넣고는 다은이의 손을 잡고 민호 샘을 쫓아갔다.

집에 들어서는데 원장님이 거실 한가운데에 놓인 기다란 테이블 앞에 서서 다 마신 주스 병에다 프리지아를 꽂고 있었다.

"웬 꽃이에요?"

"그러게나 말이다. 뜯어 먹을 수도 없는 것을."

"누가 사 왔어요?"

"얼마 전부터 가끔씩 과일이나 간식거리 보내주는 후원자님 있잖아. 한송이 씨라고. 그분이 오늘은 이 꽃을 보내셨더라. 이름이 한송이라서 그런가 꽃은 웬 꽃이야?"

"예쁘다. 나 프리지아 좋아하는데…."

"이 꽃 이름이 프리지아냐? 개나리 비슷한데."

원장님은 꽃을 사는 것도 싫어하고 받는 것도 좋아하지 않았다. 그렇게 비실용적인 것을 선물이라고 주고받는 것은 허영심의 표현일 뿐이라고 했다. 그래서 우리 집 아이들은 졸업식 때에도 꽃다발은 받지 못하고 대신 학용품이나 양말 따위를 받았다.

상큼하고도 달콤한 프리지아 향에 빠져있는 나를 향해 원장님이 아니꼽다는 표정을 지으며 한마디 던졌다.

"내일은 꼭 집에 있어야 돼. 도망갈 생각 마."

내일? 아! 내일, 토요일!

나는 토요일이 싫다. 토요일에는 손님이 찾아오는 경우가 많다. 손님이 찾아오면 웃으며 맞이하고, 낯선 눈길에도 아무렇지 않은 척하고, 어색하지만 여러 가지 프로그램에 같이 참여하고. 이런 모든 것들이 나는 싫다. 손님이 오는 날이면 어디로든 가버리고 싶다.

"수행평가 때문에 친구 만나기로 했는데요?"

"핑계 대지 마. 손님들 오실 거라고 했잖아."

"손님들 오시는데 나까지 꼭 있어야 돼요? 동생들만 있으면 되지."

"왜 자꾸 삐딱하게 그래? 니가 동생들 챙겨줘야지. 한결이는 너 없으면 안 되잖아."

나같이 칙칙한 애가 있는 게 원장님도 불편하고 싫을 테니 괜히 하는 말은 아니다. 아직 두 돌도 안 된 막내 한결이는 손님이 오면 유난히도 나에게만 안겨있으려고 야단이다. 누가 머리를 쓰다듬거나 안아주려 하면 발버둥을 치고 울면서 내 품으로만 파고든다.

그럼 한결이를 데리고 나가겠다 말하고 싶지만 그럴 수도 없다.

나 혼자면 아무데나 돌아다니며 점심 한 끼쯤 굶어도 되지만 한결이는 그럴 수 없다. 그리고 무엇보다, 아직 어린 아기인 한결이를 손님들에게 선보여야 하기 때문이다. 운이 좋으면 내일 찾아오는 손님 중에서 한결이에게 마음이 끌리는 사람이 있을지도 모른다. 예전에도 봉사활동을 하러 왔던 손님 하나가 어린 동생 하나를 특별히 예뻐하며 자주 찾아오곤 하다가 나중에 입양을 한 적이 있었다. 한결이는 아직 어리니까 가능성이 있다.

어떻게든 핑계를 대어 나가있고 싶은데 아무래도 안 될 것 같다. 짜증스러운 표정으로 방에 들어서는데 같은 방을 쓰는 예진이가 내 귓가에 대고 살짝 얘기한다.

"미라 언니, 우리 내일 방문 잠가두자."

6학년인 예진이는 요즘 비밀이 많아졌다. 자물쇠가 달린 일기장에 몰래몰래 일기를 쓰고는 베개 속에 감춰두고 지낸다. 지난번엔 어떤 손님이 방 구경 좀 하자며 마구 들어와서 예진이가 나중에 무지하게 신경질을 냈었다.

그러더니 이제는 아예 방문을 잠가두자는 거다. 나는 물론 오케이다.

원장님은 남자아이들 방을 다니면서 지저분한 것들을 치우라고 야단이다. 내일 오는 손님이 어느 교회 중등부 학생들이라는 얘기를 듣고는 수정이와 쪼르르들은 벌써부터 신이 나있다. 우리 '소망의 집'에 넘쳐나는 게 아이들인데 뭐가 그리 좋은 건지.

하긴, 나도 예전엔 어른 손님이 찾아오는 것보다 또래나 언니 오빠들이 와주는 게 더 마음 편하고 좋았다. 어른들은 뭔가 불편한 표정으로 기분 나쁜 것을 물어보기도 하고 어색한 분위기가 있는데 아이들은 그런 게 없으니 좋았던 것 같다.

　하지만 언제부턴가 초등학교 애들도 싫고 중고생들도 싫었다. 엄마하고 같이 온 애들이 '엄마, 엄마' 하고 부르는 소리도 듣기 싫고, 봉사 점수 때문에 할 수 없이 온 중고딩들이 핸드폰이나 만지작거리고 있는 것도 보기 싫었다. 게다가 그 아이들이 집에 돌아가면 부모들이 어떤 얘기를 할지도 뻔히 보여서 너무 싫었다. '세상에 그런 애들도 있는데 너는 얼마나 행복하니. 그런 애들을 생각하며 감사한 마음으로 더 열심히 공부해야지.'

　내가 삐딱하게 굴면 '역시 저런 애들은 나빠질 수밖에 없어. 환경이 중요하다니까.'라고 하는 사람이 있을까 봐 그러지 않으려고 하는데 자꾸만 마음이 꼬이고 뾰족해진다. 나는 왜 '그런 애들'이거나 '저런 애들'일 수밖에 없을까. 아, 나는 내가 싫다.

　아니다. 나는 아무 잘못도 없다. 모든 건 아빠 때문이다. 일주일 전에 갑자기 왔다 간 아빠 때문이다. 어쩌다 한번 전화를 걸어오고, 더 어쩌다 한번은 찾아오기도 하던 아빠가 지난 토요일에 갑자기 연락도 없이 찾아왔다. 조금 일찍 왔으면 같이 밥이라도 먹었으련만 저녁도 다 먹고 난 어둑한 밤에 불쑥 찾아왔다.

　"갑자기 어떻게 왔어?"

　"어떻게 오긴. 아부지가 우리 딸 보고 싶어서 왔지."

　그때 알아차렸어야 하는데 나는 그저 좋기도 하고 쑥스럽기도 해서 아무 말도 못했다. 사실 나는 아빠를 너무나도 좋아하는데 아빠와 함께 있으면 어색하고 긴장되어 목소리도 이상하게 나오고 자연스럽게 웃지도 못한다. 이유도 없이 팩팩거리다가 밤에 혼자 누워서 후회를 한다.

"공부 잘하지?"

"원장님은 잘해주시고?"

"밥은 잘 묵고?"

형식적인 질문에 단답형으로 대답하고 나니 할 말이 없었다. 아빠 역시 이제 더는 궁금한 게 없는지 '음, 음' 하는 소리를 내며 괜히 고개만 끄덕이더니 갑자기 말했다.

"니는 아부지한테 뭐 할 말도 없냐? 다른 애들은 아부지 보면 매달리기도 하고 용돈 달라고 애교도 피우고 그런다던데."

"왜, 용돈 주고 싶어?"

"으이그, 멋대가리 없는 가시나."

그러더니 아빠는 지갑을 꺼내 만 원 짜리를 있는 대로 다 주었다.

"웬일이야? 만날 '내도 먹고살아야지.' 하면서 쪼금만 주더니."

"그러게. 가는 길에 로또나 하나 사봐야겠다."

"로또 산다고 버린 돈만 모았어도 집을 샀겠다, 정말."

"그런가? 호호호."

그렇게 아빠와 나는 실없는 얘기를 나누다가 헤어졌다. 가는 길에 아빠는 원장님에게 굽신굽신 인사를 했다. 그리고 내 어깨를 한

번 끌어안아 주고는 주춤주춤 걸어가다 갑자기 멈춰 서서 뒤를 돌아보았다. 이번에는 천천히 손을 들어 손가락을 조금 흔들며 잠시 나를 바라보더니 이내 휙 돌아서서 성큼성큼 걸어갔다. 그때 번쩍, 하고 느낌이 왔다.

'아빠가 이제 다시는 안 오려나 보다.'

논리적으로 설명하긴 어렵지만 확실하다는 느낌이 들었다. 나는 갑자기 아빠를 향해 뛰어가고도 싶고, '아빠, 아빠!' 하고 큰 소리로 불러보고도 싶고, 그 자리에 철퍼덕 주저앉아 울어버리고도 싶었지만 아무것도 하지 못한 채 꼼짝 않고 서서 아빠의 뒷모습만 노려보고 있었다. 뒷모습만 보고 있는데도 조금 눈을 찡그리고 입을 꽉 다문 채 괴로운 표정으로 바쁘게 걸어가는 아빠의 앞모습이 다 보였다. 컴컴한 밤길 속으로 아빠의 모습이 파묻히듯 사라져가는 것을 바라보고 있는데 가슴속에서 무언가 체한 것처럼 꽉 막혀 올라오지 못하고 있는 게 느껴졌다. 한번 확 울어버리면 시원하게 뚫릴 것 같기도 했지만 나는 마른 침만 꿀떡꿀떡 삼키며 눈물도 같이 삼켜버렸다.

이제 아빠가 오지 않을 거라는 건 어쩌면 당연하고 익숙한 경우인지도 모르겠다.

처음부터 소망의 집 앞에 버려지듯 남겨진 아이도 가끔 있다. 민아가 그런 아이였다. "엄마가 여기 있으라고 했어. 엄마가 민아 여기서 있으라고 했어." 민아는 그 말만 되풀이하면서 소망의 집 대문 앞에 밤중까지 서있었다.

하지만 대부분은 나처럼 아빠가 지방에 일하러 다닌다거나, 예진이처럼 할머니가 아프시거나 하는 이유로 이곳에 맡겨진 아이들이다. 그리고 그 대부분의 아이들도 시간이 지나면 자연스럽게, 버려지듯 남겨진 아이가 된다. 예진이 할머니는 돌아가셨고, 진희 소희 자매의 엄마는 재혼을 했다는 소문뿐이고, 한결이 엄마는 소문도 소식도 없었다. 그리고 이제 내 차례가 온 거다.

어차피 지금까지도 아빠가 없는 거나 마찬가지였으니 크게 달라질 건 없다고 스스로 마음을 다잡으려 했다. 하지만 학교에서도 마음은 끝없는 바닥으로 가라앉고 몸은 어딘가로 둥둥 떠다니는 것처럼 집중이 되지 않았다. 큰맘 먹고 쉬는 시간에 아빠 핸드폰으로 전화를 걸어봤는데 '소리샘으로 연결하겠사오니…' 하는 말만 나오고 받지를 않았다. 정말이지 무얼 어쩌면 좋을지 몰라 안절부절못하며 얼빠진 듯이 학교를 마치고는 구립도서관 디지털실에서 아무 영화나 틀어놓고 도서관 문 닫는 시간까지 앉아있었다. 일단 집에 오면 개인적인 공간이나 혼자만의 시간이란 꿈도 못 꿀 일이니 어쩔 수 없었다.

그러니 지금 내가 꽈배기처럼 배배 꼬이고 개똥이라도 밟은 것 같은 얼굴을 하고 있는 건 너무도 당연한 거다.

손님들이 왔다. 중등부 학생들 열 댓 명과 담당 목사님, 교회 선생님이라는 아줌마 몇 명이 피자 박스며 이런저런 선물 보따리들을 잔뜩 안고 들어왔다. 그래 봐야 목덜미가 거무스름하게 변한 티셔츠거나 군데군데가 너덜하게 낡은 동화책 같은 것들인데.

원장님이 활짝 웃으며 보따리를 받아 들고 손님들을 맞이하느라 부산을 떨었다. 어린 동생들은 좋으면서도 쑥스러운 표정으로 몸을 오글대고 있고, 예진이처럼 제법 큰 아이들은 나무토막처럼 무표정하게 서있었다. 나는 일찌감치 한결이를 안고 벽에 붙어 앉아있었다. 한결이가 내 방패라도 되는 것처럼.

교회 중등부에서 온 손님들이라 예배를 드리며 첫 만남을 시작했다. 우리 소망의 집 식구들도 일요일이면 모두 교회에 간다. 나는 아무도 모르게 기도도 하고 혼자 성경책을 읽어본 적도 있지만 교회에 가는 건 싫어한다. 그래서 다 같이 교회 가는 길에 슬그머니 빠져나가 근처 서점에서 책을 읽다가 오곤 했다.

어수선한 분위기 속에서 예배가 끝나고 원장님이 앞에 나가 소망의 집을 소개하는 시간이 되었다.

"제일교회 중등부 여러분, 반갑습니다. 우리 소망의 집에 오신 것을 환영합니다. 우리 소망의 집은…"

"엄마! 나, 물!"

여섯 살 민아가 갑자기 소리쳤다. 민아는 '엄마'라는 말을 좋아한다. 특히 다른 사람 앞에서 원장님에게 '엄마' 하고 부르는 게 그 아이에겐 비타민 같은 효과를 주는 것 같다.

"그래, 가서 마시고 와."

원장님이 부드럽게 말해주자 민아는 의기양양하게 일어나 부엌으로 걸어갔다.

"우리 아이들이 이래요. 누가 오면 좋아서 괜히 오버를 하죠."

원장님과 중등부 선생님들이 같이 웃었다.

"우리 소망의 집 아이들은 사람이 그립고 사랑이 그리운 아이들이랍니다. 가장 사랑받아야 할 때에 사람에게 상처받은 가여운 아이들이지요. 제일교회 여러분이 우리 소망의 집 아이들을 위해 많이 기도해주시고, 자주 와주시길 바라요."

아, 이래서 누가 찾아오는 게 싫다.

손님이 올 때마다 원장님이 우리를 가여운 아이들이라고 소개하는 게 듣기 싫다. 전에는 어떤 기관의 공무원들이 와서는 우리를 향해 '수급자'라는 단어를 몇 번이나 내뱉었다. 그러면서 '수급자들을 불쌍히 여기는 태도가 훌륭하시다.'면서 자기네들끼리 서로서로 칭찬을 주고받다가 돌아갔다.

"수급자가 뭐야?"

동생들이 물어봤을 때 나는 '거지라는 뜻이야.'라고 말하고 싶었지만 '공무원들이 쓰는 말인가 보지.' 하면서 넘어갔다.

내가 원장님이라면 찾아온 손님들에게 '우리 아이들은 상처가 있긴 하지만 씩씩하고 밝게 살아간답니다. 솔직히 요즘, 환경은 좋지만 억눌리고 스트레스 받는 사람들이 많잖아요. 거기에 비해 우리 소망의 집 아이들은 서로 사랑하며 행복하게 살고 있지요. 사실 이 세상에 아픔 없는 사람이 누가 있나요? 여러분은 어떠세요? 아무 고민이나 아픔 없이 마냥 행복한가요?'라고 말하겠다.

하지만 그렇게 말하면 손님들이 기분 나빠지겠지. 손님들이 줄어들고 후원금이랑 여러 물품들도 줄어들겠지. 모르는 손님들 앞에서 잠깐 거지가 되는 게 실제로 조금이나마 거지꼴을 벗어날 수 있는 방법이라는 걸 나도 안다. 나는 원장님을 이해힌다.

하지만 그래도 기분이 나쁜 건 어쩔 수 없으니 고개를 숙이고 조그맣게.

"쉬바-르."

어쩌다 만났을 때 아빠가 '시발'이라는 말을 뱉으면 나는 매섭게 째려봤었다. 그러면 아빠는 얼른 '쉬바르'라고 하면서 이건 욕이 아니라 러시아어라며 너스레를 떨어댔다. 됐어, 난 쌀쌀하게 말하며 싫다는 표정을 지었었다. 그런데 이제 나도 가끔씩 '쉬바르'라고 말하는 때가 있다. 아무도 모르게 나 혼자 '쉬바르' 하고 말하면 아주 조금쯤 답답한 속이 뚫리는 것 같다.

그때 내 옆에 앉아있던 제일교회 손님 하나가 갑자기 고개를 돌려 나를 바라보는 게 느껴졌다. 앗, 들었나? '쉬바르'는 욕도 아닌데, 뭐. 나는 여전히 고개를 숙인 채로 눈알만 최대한 굴려 옆자리를 살펴봤다. 청바지 허벅지 부분이 터질 듯하고 그 위에 놓인 통통한 손이 보였다. 나는 살짝 고개를 들었다. 아줌마 같기도 한데 통통한

볼과 짧은 단발머리 때문인가 아가씨 같기도 한, 헷갈리는 여자 하나가 입꼬리를 살짝 올려 미소를 지으며 나를 보고 있었다. 어딘가 장난꾸러기 같은 표정이었다. 나와 눈이 딱 마주친 순간 여자가 갑자기 내 쪽으로 몸을 숙이더니 조그맣게 말했다.

"원장님이 좀 깬다. 그치?"

그러더니 한마디 더 했다.

"이쁜 우리가 참자."

여자는 다시 몸을 바로세우고 앉아 아무 일도 없었다는 표정으로, 인사를 마치고 들어가는 원장님을 향해 박수를 쳤다. 양 볼이 토마토처럼 통통하고 불그레한 여자였다. 우엑, 내가 싫어하는 토마토.

그 후의 시간들은 대충 비슷하게 흘러갔다.

우리 소망의 집 아이들과 제일교회 중등부 손님들이 사이사이 끼어앉아 어설픈 대화를 나누며 피자를 먹고, 나이가 어리고 얼굴이 귀여운 몇몇 동생들만 인기를 누리고, 다 같이 마당에 나가 피구며 축구 같은 게임을 하면서 점점 친해지고, 아이들이 그러는 동안 원장님은 어른들을 상대하며 '불쌍한 수급자들'을 선전해 후원금을 받아내겠지.

나는 방으로 들어가 버리고 싶은 마음을 참고 한결이를 돌보는 척하며 거실 한쪽에 앉아있었다. 여자애들 몇몇이 한결이에게 관심을 보이며 다가와 나에게 말을 걸기도 했다.

"우와, 귀엽다. 얘 몇 살이야?"

"세 살."

"내가 한 번 안아봐도 돼?"

하지만 한결이는 몸을 비틀면서 빽빽 울어댔다. 여자애들의 관심은 금세 민아에게로 옮겨갔다. 무릎에 앉혀놓고 머리를 땋아줬다 풀었다, 핀을 꼽았다 뺐다 하면서 온갖 바보 같은 얘기를 나누는 그 애들을 보니 짜증이 났다. 특히 자존심도 없는 듯이 구는 민아에게 더 화가 났다. 아니다, 나는 민아를 이해한다. 처음 보는 손님들이 나에게 관심을 보이며 예쁘다고 해주는 것, 인스턴트 같은 맛일지라도 사랑과 비슷한 어떤 것을 내밀어주는 이 순간을 마음껏 누리고 싶은 민아의 마음을 이해한다. 그렇지만 기분이 몹시 더럽다는 사실만은 어쩔 수가 없었다. 쉬바르, 쉬바르.

그렇게 몇 시간이 금방 지나고 다시 손님들이 떠날 시간이 되었다.

이 시간이 되면 우리 아이들만큼 손님들도 아쉬워하고, 가끔은 눈물을 쥐어짜는 손님도 생긴다. 오늘도 제일교회에서 온 한 여자애가 그랬다.

"또 올게. 그때까지 잘 지내고 있어야 돼."

그냥 인사치레로 들으면 될 걸 가지고 민아가 눈치 없이 나섰다.

"언니, 언제 올 건데?"

"음, 나중에, 나중에 또 올게."

그때 토마토 볼을 한 여자가 두툼한 손으로 그 학생의 어깨를 잡으며 말했다.

"너, 확실하게 말해. 진짜 올 것도 아니면서 그냥 온다고 하고 가버리면 여기 친구들은 계속 기다리잖아. 정말 올 거야? 올 수 있어?"

"어, 그게, 아직은, 정확히…"

여학생은 당황한 표정으로 우물쭈물하고, 미즈 토마토는 민아를 번쩍 안아 올리며 말했다.

"난 올 거야. 다음 주 말고 그 다음 주 토요일에."

"정말요?"

"그럼. 정말이지."

그러더니 여자가 옆에 서있는 나를 향해 눈을 찡긋하며 말했다.

"다이어리에 적어둬, 예쁜 언니 오는 날."

언니는 웬 언니.

그런데 사실은 그 순간 또 한 번 주책없이 '이 아줌마라면?' 하고 생각할 뻔했다.

솔직히 꽤 오랫동안 손님들이 올 때마다 괜한 기대로 마음이 부풀었다가 이내 한없이 가라앉기를 반복해왔다. 오늘 오는 손님 중에 나만을 위한 '키다리 아저씨'나 '키다리 아줌마'는 없을까 하는 기대. 그게 꼭 나를 입양해 가는 게 아니라도 좋았다. 그냥 조금은 나를 특별하게 생각해주고, 내 마음을 알아주고, 내 얘기를 들어줄 수 있는 사람. '소망의 집'에 오는 손님 뿐 아니라 새 학년이 되어 새 담임을 만날 때도 그랬고, 교회에 처음 나가 전도사님이나 교회 선생님을 만났을 때도 그랬다. 누군가 나만을 위한 어떤 사람.

하지만 세상에 그런 사람은 없다.

낳아준 엄마도 진즉에 나를 버렸고, 아빠는 뭐 어쩔 수 없겠지만 이제 나를 버렸다. 그러니 나만을 위한 어떤 사람이라는 게 있을 리가 없다. 나는 더 이상 어린애가 아니다. 동화 같은 헛된 꿈은 꾸지 않는다.

그런데 두꺼운 팔로 든든하게 민아를 안고서 나를 향해 웃는 눈을 하는 미즈 토마토의 얼굴이 어쩐지 복숭아처럼 보이기 시작했다. 내가 좋아하는 복숭아.

미즈 토마토는 민아의 볼에 끈적하게 뽀뽀까지 하고서 맨 마지막으로 차에 올라탔다. 사실은 차에 오르기 직전에, 내 손에 작은 쪽지 하나를 쥐여주었다. 어리둥절하여 살짝 펼쳐보니 어울리지 않게 귀여운 글씨체로 이름과 핸드폰 번호, 메일 주소가 적혀있었다.

'상담 환영, 수다 환영, 한송이? 뭐야, 이건? 가만, 근데 이 사람이 한송이? 프리지아를 보낸?'

수정이와 쪼르르, 민아, 꼬맹이들이 떠나는 차를 쫓아가며 열심히 손을 흔들었다. 나는 쌩 돌아서 신발을 벗어 던지고 들어와 곧장 화장실로 갔다. 거울에 비친 내 얼굴이 미워 보였다. 심술이 덕지덕지 붙은 밉살스러운 얼굴. 구름이 잔뜩 낀 우중충한 얼굴.

나도 내가 미운데 누가 나를 좋아해줄까.

미즈 토마토에게 전화를 하거나 메일을 보낼 생각 따위는 없다. 하지만 좀 미련하게 다음다음 주라고 날짜를 콕 짚어 말하는 거 보니 약속만큼은 지킬 사람 같았다. 아니다, 상관없다, 안 와도 좋다. 아무도 안 와도 나는 상관없다.

미즈 토마토 한송이는 정확하게 다음다음 주 토요일에 다시 왔다. 그리고 이후로 격주 토요일마다 우리를 찾아왔다.

아이들 모두가 '송이 쌤, 송이 쌤' 하면서 그녀를 너무 따르기에 괜히 속이 꼬여서 '그런데 저 아줌마, 토마토 같이 생기지 않았니? 어우, 난 토마토 정말 싫어.' 하고 말했더니 예진이가 냉큼 대답했다.

"그러고 보니 뭔가 약간 방울토마토 닮았네?"

의리 없는 예진이는 한 술 더 떠 한송이 쌤에게 애교를 부리며 친한 척까지 해댔다.

"송이 쌤, 쌤 볼이 통통하고 발그레한 게 귀여운 방울토마토 같아요. 근데 토마토는 과일일까요, 채소일까요?"

"토마토? 우와, 내가 토마토 좋아해서 그건 확실히 안다. 정답은 채소입니다. 딩동댕!"

토마토를 좋아하고 너스레가 장난 아닌 한송이 쌤은 '돈을 조금 주는 대신 별로 바쁘지도 않은' 회사에 다녀 시간이 남아도는 '브론즈 미스'라고 했다.

"브론즈 미스가 뭐예요?"

"골드 미스라는 말 들어봤지? 나는 뭐, 양심이 있어서 골드 미스라고는 못 하겠고 대신 성격 좋고 몸 튼튼하니까 브론즈 미스 정도는 될 것 같아서. 하하하."

"송이 쌤은 남친 있어요?"

"그러엄. 대따 많아."

"정말요?"

"내가 원래 오는 남자 안 막고 가는 남자 안 잡거든, 하하하."

별로 웃기지도 않은데 큰 소리로 잘 웃고, 원장님이 좋아할 만한 건 하나도 안 가져오고 오히려 라면을 얻어먹고 가는, 집에 있는 보드 게임 따위를 가져와서 신나게 놀다가 잊지도 않고 도로 챙겨 가는 한송이 쌤을 모두들 좋아했다. 나도 물론 그녀가 싫은 건 아니었다. 하지만 전에 아빠에게 그랬듯이 마음과는 달리 틱틱대는 표정과 태도가 튀어나왔다. 눈을 제대로 마주 보는 것도 어색하고 다른 아이들처럼 '송이 쌤'이라고 부르지도 못해 얼버무리곤 했다.

그래서 어느 비 오는 토요일 오후, 어린 동생들은 강아지들처럼 엉겨 붙어 낮잠을 자고 조금 큰 아이들은 이유를 알 수 없는 우울함에 젖어 한 방에 모여 앉아 토닥토닥 열의 없는 말싸움을 하고 있던 날, 거실 책장 앞에서 그림책을 정리하는 그녀에게 나는 '저기요'라고 말을 걸었다.

"저기요."

"어허, 저기요가 뭐냐, 저기요가. 송이 쌤이라고 부르든가, 아님 우리는 나이 차도 얼마 안 나니까 언니라고 불러."

"언니요?"

"내가 좀 노안이라서 그렇지 사실 나이 얼마 안 많아. 미라 니가 열다섯이니까 우리 띠동갑 쪼끔 넘는다야. 그 정도면 같이 늙어가는 처지지, 뭘. 하하하."

"저기요, 송이 쌤."

"응, 왜?"

"혼자서 격주로 꼬박꼬박 찾아오는 이유가 뭐예요?"

"이유? 매주 찾아오면 산에 갈 시간이 없잖아."

"네?"

"아! 너 나랑 다음 토요일에 산에 갈래? 어유, 내가 왜 그 생각을 못 했지? 그럼 좋을걸. 내가 여기 안 오는 토요일에는 산에 가는데, 산 아래에 보면 파전이나 도토리묵 파는 집들이 있거든. 그런데 나 혼자 들어가서 뭘 잔뜩 시키기가 좀 그래서 만날 침만 흘리면서 못 먹었잖니. 너랑 같이 가면 되겠다. 어유, 잘됐네."

그러니까 결론적으로, 토마토처럼 퉁퉁하고 불그스름한 이 노처녀께서는 시간은 많은데 돈은 없어서 토요일마다 혼자 산에 가거나 아니면 우리를 찾아와서 놀다 간다는 말씀.

"친구 없어요? 남친 있다면서요?"

"다들 바빠."

"가족은요?"

"가족? 엄마 있는데 늙었고, 나랑 안 친해."

"안 친해요?"

"뭐랄까, 취향이 안 맞는달까."

"언니나 동생도 없어요?"

"… 언니는 없고, 동생은 있었는데…."

"그런데요?"

"…."

뭐지? 항상 과하게 명랑하던 사람이 갑자기 침만 삼키며 말을 못하니 용의자를 앞에 둔 형사라도 된 것처럼 몰아붙이던 나는 어떻게 마무리하면 좋을지 몰라 조금 당황스러웠다. 그때 갑자기 송이 샘이 토마토처럼 발그레한 광대를 씩 올리면서 말했다.

"너 지금 뭔가 쫌 미안하지? 그러니까, 다음 토요일에 나랑 산에 가는 거다. 오케이?"

아니라는 말을 못하고 우물쭈물하고 있는 사이에 송이 샘은 책 정리를 끝내고 손을 탁탁 털더니 일어났다. 원장님에게 인사를 하고, 아이들 방을 들여다보며 인사를 하고, 자는 아이들 이불을 끌어당겨 주고는 덩치보다 작은 우산을 들고 걸어가는 뒷모습이 어쩐지 쓸쓸해 보였다. 내가 뭔가 실수를 한 것 같다는 생각이 들어 은근히 신경 쓰이던 차에 토요일 산행 약속 문자를 받아 거절도 못하고 그러기로 했다.

"한송이 선생이랑? 산에?"

원장님은 조금 놀라더니 이내 다른 아이들은 모르게 하라는 당부를 했다. 우리 모두와 친하게 지내는 누군가가 우리 중 어느 한 사람하고만 특별한 관계가 되는 것. 그것은 우리 같은 아이들에게 매우 아픈 상처가 되고, 그래서 우리들 내부에 분열과 다툼을 일으킨다. 나는 당연히 그러겠다고 했다. 하지만 송이 샘이 나를 특별하게 여겨서 그런 건 아닐 거라는 생각도 했다. 내가 제일 큰 아이니까, 산에 가는데 어린아이를 데려가긴 힘드니까, 그러니까 나에게 말한 거야. 그것뿐이야. 착각하면 안 돼.

그런데도 토요일 아침, 전철역 입구에서 나를 기다리고 있는 송이 샘을 봤을 때 마음이 설레면서 두근거리는 건 어쩔 수 없었다.

"어서 가자. 아, 오늘 드디어 파전과 도토리묵을 먹겠구나. 막걸리도 마셔야지. 으아, 내가 오늘 같은 날을 얼마나 기다렸던고. 하하하."

"산에 가는 게 아니라 먹으러 가나 봐요."

"당근이지. 얼른 가자. 쌩하니 갔다가 빨리빨리 내려와서 할매집으로 가는 거야. 내가 다 봐뒀어. 할매집이 제일 괜찮아 보이더라고."

"제가 초콜릿이랑 음료수 좀 가져왔는데…"

"어우, 이런 거 왜 가져왔어? 그냥 넣어둬. 단 거 먹으면 입맛 없어서 밥 많이 못 먹어. 으하하하, 신난다."

집에서는 물론이고 학교에서도 내 주변엔 늘 지쳐있거나 서로서로 욕을 하고 편을 갈라 뒤에서 꿍꿍이를 짜는 사람들만 가득하다. 그런데 지나칠 정도로 밝고 즐거운 송이 샘과 산길을 걸으니 신선한 공기가 마음속까지 들어가 환기가 되는 것 같았다. 오늘의 포인트는 산이 아니라 산행 후에 만나게 될 식당이라더니 역시 그리 높지 않은 산을 골랐는지 정상까지 오르는 길이 많이 힘들지는 않았다. 그래도 제일 높은 곳에 올라서서 저 멀리까지 빼곡하게 펼쳐져 있는 자그마한 집들을 내려다보고, 한층 가깝게 느껴지는 하늘도 올려다보니 뭔가 해냈다는 뿌듯함이 느껴져 기분이 좋았다.

"어때? 힘들었어?"

"아니요, 괜찮은데요."

"그래? 난 또 니가 힘들까 봐 쉬운 코스로 골랐는데 다음엔 강도를 좀 높여도 되겠네?"

'다음에 또'라는 말에 마음이 휘청 흔들렸다. 이렇게 이번 토요일엔 같이 산에 가고 다음 토요일엔 집에서 만나고 그 다음 토요일엔 또 같이 산에 가고…. 그래도 될까? 이렇게 친해져도? 하지만 언제까지? 언젠가 어느 토요일이 되었는데 산에 같이 가자는 말도 없고 찾아오지도 않으면, 그러면 나는 또 마음 아프겠지. 아빠에게 그랬듯이 송이 샘의 전화번호를 외워보며 혼자 하는 연극처럼 중얼중얼 어떤 말들을 읊조려보겠지.

어떻게 하는 게 조금이라도 상처받지 않도록 스스로를 보호할 수 있는 방법인지 생각하느라 멍청히 앉아있는데 송이 샘이 내 얼굴을 빤히 보며 말했다.

"힘들게 머리 굴리지 마. 돌 굴러가는 소리 다 들린다야."

"네?"

의미를 알 수 없는 미소를 짓더니 큼큼, 헛기침을 하며 바닥에 털썩 앉는 송이 샘을 따라 나도 쪼그려 앉았다.

"전에, 나 동생 있었다고 했잖아."

"…"

"있었는데… 없어졌어."

"?"

"내가 어렸을 때, 4학년이면 그렇게 어린 것도 아니지만, 하여튼 그때, 무슨 생각을 한 건지 우리 엄마 아빠가 여자아이 하나를 입양해서 데려왔어. 일곱 살짜리였는데 눈이 아주 예쁘고 지금 생각해보면 머리가 아주 좋았던 것 같아. 내 눈치를 살피면서 기분을 맞춰주곤 했지. 원래 그 아이 이름은 다른 게 있었는데 우리 집에서 송주라고 새로 지었어. 한송주. 나한테 언니 언니 하면서 살갑게 굴었지. 밤에 자는데 내 침대로 살짝 기어 들어오던 모습이 아직도 생각나."

"그런데, 왜 없어졌어요?"

손가락으로 땅바닥에 의미 없는 그림을 그리던 송이 샘이 낮은 목소리로 말했다.

"파양을 했어."

"!"

"내가⋯, 내가 못되게 굴었어. 외동딸로 공주처럼 자라다가 갑자기 동생이 생기니까 적응을 못 했던 것 같아. 송주를 입양한 것도 나를 위해서, 나에게 자매를 만들어주기 위해서 그런 거였는데 나는 뭐랄까, 부모님 사랑을 나눠 갖게 된 것 같은 기분을 느끼고 철없이 굴었던 거지. 송주가 얼굴이 예쁜 것도 샘이 났고, 내가 좋아하며 아끼던 책이나 장난감이 이제는 다 송주 것이 됐다는 생각에 심통을 부렸어."

"그래서 그 아이는, 그 아이는 어떻게 됐어요?"

"송주가 우리 집에 왔을 때가 일곱 살이고 다시 파양되어 돌아간 때가 여덟 살이었어. 원래 있던 보육기관으로 갔으니 그 후에 다시 어느 집으로 입양됐을 수도 있고, 아마 그랬을 거라 생각해. 아이가 많이 예쁘고 똑똑했으니까."

"알아보진 않았어요?"

"우리 집에선 그 후로 아무도 송주 얘기를 꺼내지 않았어. 불문율 같은 거랄까. 엄마 아빠는 입양을 너무 쉽게 생각했었다는 후회와 송주에 대한 양심의 가책이 있었을 테지. 나도 막상 송주가 떠나고 나니까 속이 시원한 게 아니라 어쩐지 마음이 불편하면서 그 아이가 그리울 때도 종종 있었고. 실은, 내가 대학생이 된 이후에 한 번 찾아봤는데 송주가 있던 보육기관이 없어져서 찾을 수가 없었어."

송이 샘의 말을 듣는데 본 적도 없는 송주라는 아이의 모습이 눈앞에 그려지듯 떠올랐다. 자신감 없게 내리깐 눈, 어디에 초점을 맞춰야 할지 몰라 이리저리 굴리는 시선, 귀여운 미소를 짓기도 하지만 이내 몸을 꼬면서 어색해하는 몸짓.

한때 송주라고 불렸지만 사실은 송주가 아니었던 아이. 아주 잠시, 한송이 동생 한송주였다가 다시 원래의 그 무엇으로 돌아간 아이. 다시는 송주가 아니면서도 평생 송주라는 이름을 벗지 못했을 그 아이가 내 마음 안에서 태풍처럼 휘몰아쳤다.

"미라 너를 처음 봤을 때 그 아이가 생각났어. 혹시 그때 그 송주가 아닐까? 말이 안 되는 줄 알면서도 몰래 나이 계산까지 해봤다니까. 송주는 지금쯤 스무 살도 훨씬 넘은 아가씨가 되어있을 텐데. 어쩌면 결혼을 했을 수도 있겠지. 어떤 사람과 결혼을 해서 어떻게 살고 있을까. 행복하게 살고 있으면 좋겠는데, 많이 웃으면서 행복하게."

송이 샘의 눈에 눈물이 그렁그렁 차올랐다.

"송주를 다시 만난다면 정말 미안하다고 말하고 싶었어. 정말 잘못했다고. 용서해달라고. 어쩌면 내가 더 노력하면 송주를 찾을 수 있을지도 몰라. 하지만 진짜로 찾게 될까 봐, 원망하거나 아니면 경멸하는 눈빛으로 나를 보는 그 아이를 만나게 될까 봐 열심히 찾지 않았는지도 모르겠어. 그래서 대신, 송주 대신 너를 찾아와 실없는 소리를 해대고 있나 봐."

아아, 역시 이런 산행 따위 따라오는 게 아니었는데.

"미안해, 미라야. 용서해줘."

이제는 내가 할 말을 찾지 못하고 손가락으로 땅바닥에 의미 없는 그림을 그려대고 있는데 송이 샘의 뜨거운 눈물방울이 내 손등 위로 툭툭 떨어졌다.

용서해달라고? 내가? 무엇을?

그때 갑자기 내 귓가에, 아니, 사실은 귀가 아니라 몸속 깊은 곳, 동굴 같은 저 안에서 아빠 목소리가 울려 퍼졌다. 미안하다, 미라야. 아빠 용서해줘. 우리 미라. 사랑하는 내 딸.

"어떻게 그럴 수가 있어? 어떻게 아빠라는 사람이, 가족이라는 사람들이, 힘들다고, 귀찮다고 아이를 버릴 수가 있어? 난 그런 사람 제일 싫어. 그런 사람은 정말이지 쓰레기, 거지, 개똥이야. 난 절대 용서 못 해!"

체한 듯 가슴속을 꽉 틀어막고 있던 무언가가 불쑥 솟구치며 펑- 하고 터져 나왔다. '울음을 토해냈다.'는 표현을 책에서 읽으며 상투적인 표현이라 생각한 적 있었는데 그게 어떤 건지 그 순간 알게 됐다. 평소 주변 사람들의 시선 같은 것을 엄청나게 신경 쓰는 나였는데 그 순간에는 그런 것 따위 조금도 상관 않고 '으아으아' 소리를 지르며 울게 된 것이다. 시간이 얼마나 흘렀는지 모르지만 큰 소리를 지르며 엉엉 울던 그 시간 동안 나는 무아지경의 경지에 빠지기까지 했던 것 같다. 이성이라거나 정신이 잠시 내 몸을 떠나가 있는 진공 상태. 이때까지 살아오면서 그렇게나 온전히 내 감정에만 충실하게 몰입한 적은 없었다. 가슴 안에 막혀있던 무언가를 고름을 짜듯 짜내고 나니 서서히 정신이 돌아오기 시작했다. 그제야 주변에서 우리를 흘낏흘낏 보는 사람들도 보이고, 내 앞에 주저앉아 눈물범벅이 되어 나를 끌어안고 있는 송이 샘도 보이고, 변함없이 시원하게 펼쳐져있는 풍경들도 보였다.

"미안해. 미안해."

송이 샘은 여전히 미안하다는 말만 웅얼웅얼 계속하고 있었다.

"내 대답이 뭔지 알아요?"

코를 훌쩍이며 입을 여니 송이 샘이 통통 부은 얼굴을 들고 나를 바라봤다.

"쉬바-르."

겁먹은 표정으로 눈만 크게 뜨고 나를 보는 송이 샘에게 말해주고 싶다. 쉬바르는 '괜찮아. 다 잘될 거야.'라는 러시아말이라고. 나는 쉬바르. 우리는 쉬바르.

파워 오브 짝사랑

중 2 첫날. 등굣길이 서먹하고 불편하다.

초 2도 아니고 중 2에 전학이라니, 부모도 없는 내가 이만큼이나 반듯하게 살아가기가 얼마나 힘든지 생각도 못 하는 고모의 무신경함에 짜증이 난다.

같이 밥 먹고 한 집에서 살아야 가족이라며 부임지가 바뀔 때마다 가족을 끌고 다니는 고모부는 그렇다 쳐도 왜 나까지 꾸역꾸역 따라다녀야 하는지, 기숙형 특목고에 들어가서 기필코 독립하리라 다짐하지만, 그러려면 성적을 두 배는 올려야 하는데, 그래, 어차피 친구도 없이 고독한 독수리 같은 학교생활이 될 텐데 공부나 하자. 그래서 반드시 당당하게 탈출하리라.

건널목 앞에서 신호등을 보며 혼자 속으로 주먹을 불끈 쥐는데, 어디선가 살짝 달콤한 치약 같기도 하고 말린 허브 잎 같기도 한 냄새가 풍겨왔다. 고개를 돌려보니 키가 크고 안경을 낀 남자가 서 있었다. 칼라가 있는 두툼한 갈색 카디건을 입고 있었는데 그 옷에서 좋은 냄새가 나는 것 같았다.

차가운 아침 공기 속에서 겨울나무처럼 메마른 내 마음에 달달한 기분을 불러일으키는 냄새라서 나도 모르게 그 남자를 우두커니 올려다보고 있었다.

그때 갑자기 그 남자가 우아하게 고개를 돌려 나를 내려다보더니 내 명찰을 한 번 슥 보고 나서 집게손가락으로 내 목 부분을 가리켰다. 모든 행동이 발레리나처럼, 연극배우처럼 조금 느릿하게 곡선으로 이어지는 특이한 사람이었다. 길고 단단해 보이는 그 손가락을 멍하니 보고 있는데 그가 입을 열었다. 듣기 좋은 목소리가 나왔다.

"넥타이 비뚤어졌다고. 조수아."

그제야 정신을 차리고 고개를 숙여보니 교복 넥타이가 한쪽 옆으로 돌아가 있었다. 새 교복이 익숙하지 않아 모든 게 불편하고 어색한 탓이었다.

넥타이를 이리저리 당겨 바로잡고 있는데 신호등 불이 바뀌고 그 남자가 긴 다리로 성큼성큼 걸어갔다. 다리가 길어서 그런가 걸음이 꽤 빨랐다. 빠른 걸음으로 그 남자가 슥 들어간 곳은 바로 오늘 내가 처음 가게 된 봉일중학교!

교문 앞에 서있던 학생들이 남자를 향해 꾸벅 인사를 했다.

선생님인가? 선생 같은 분위기는 아니던데 참 별일이네.

그날 오전 2교시 영어 시간에 남자가 교실 문을 열고 시원한 걸음으로 들어왔을 때 나는 순간적으로 '헉!' 하고 숨이 멈추는 것 같았다.

영어 과목 장우주 선생님. 스물여덟 살 총각이라는 것과, 영어 이름이 피터라는 것. 게다가 그가 방송반 선생님이고, 방송반은 학교 안의 동아리 중에서 최고 인기 부서라는 것도 여자애들이 떠드는 소리를 듣고 다 알게 되었다.

나는 그를 다른 애들처럼 피터 샘이라 부르고 싶지 않았다. 장 씨니까 제이, 제이 샘이라 부르겠다고 나 혼자 속으로 생각했다.

제이 샘 덕분에 전학 온 학교에 호감이 생기긴 했으나 중 2에 갑자기 새 친구를 사귄다는 건 쉬운 일이 아니다. 아이들은 이미 뭉쳐 다니는 무리가 있고, 불가능한 건 아니지만 2학년이 갑자기 동아리에 들어가기도 어색하다. 결국 나는 늘 그랬듯이 '세상만사에 크게 관심이 없고, 친구 따위 사귀고 싶지도 않은, 과묵한 4차원 소녀' 코스프레를 하는 수밖에 없겠다.

그런데 어쩌다가 학교에서 제일 잘나가는 성원이와 친구가 되었으니.

"너 혹시 동산초등학교 다니지 않았니?"

어색한 마음으로 혼자서 급식실을 향해 걸어가는데 눈이 동그랗고 예쁘게 생긴 애가 다가와 말을 걸어서 나는 좀 깜짝 놀랐다.

"어? 아닌데."

"동산초등학교 다닌 적 없어? 나 몰라? 나는 너 본 적 있는 거 같은데?"

"동산초등학교가 어디 있는 건데? 나, 초등학교 때에는 부산에 살았었거든."

"그래? 그럼 아닌가 보다. 이상하네, 디게 아는 얼굴 같은데. 헤."

얼굴은 순정만화에 나오는 소녀처럼 귀여운데 말투나 표정은 예쁜 척하는 것 없이 털털하고 담백한 아이였다. 이성원. 중성적인 느낌이라 더 멋있는 이름.

성원이와 나는 자연스럽게 마주 앉아서 점심을 먹었다.

"그럼 부산에서 여기까지 이사 온 거야?"

"응, 고모부가 군인이라서 이사를 자주 다녀."

"고모부?"

"아빠는 돌아가셨고 엄마는 시집갔거든. 난 고모네 집에서 살아."

이 말을 처음에 하는 이유는 내 나름대로의 테스트다. 이 말 이후에 어색한 표정을 지으며 떨어져나가면 나 역시 아쉬울 것 없이 굿바이. 불쌍하다는 듯이 다가오면 적당히 받아주면서 탐색. 반가운 표정으로 자신의 비밀 히스토리를 밝히는 건 위험인물. 들어주는 척하지만 조금씩 거리를 둠. 쿨하게 넘어가면 일단 오케이.

"그렇구나. 엄마는 어디에 사셔?"

"뉴욕."

"와, 그럼 너는 살아본 곳도 많고 앞으로 살아볼 곳도 많네."

흠, 쿨하고도 신선한 반응.

"멋지다. 난 이 동네를 벗어난 적이 없어. 지겨워."

"나는 제발 한 군데에서 조용히 사는 게 소원이야."

"니 입장에선 그럴 수도 있겠다."

제법 오래된 친구처럼 편안하게 대화를 나누며 밥을 먹고 있는데 지나가는 아이들 대부분이 성원이를 보고 인사를 했다. 그러면서 같이 있는 나를 유심히 보거나, 아니면 나에게도 '안녕하세요.' 하고 인사를 하는 1학년들도 있었다.

"친구가 엄청 많은가 봐."

"으응, 조금. 1학년 애들은 방송반 후배들이고."

어맛, 제이 샘의 방송반이라고라고라?

"방송반 하는구나. 어때? 재미있어?"

"뭐, 그냥 그래. 난 음악 좋아해서 들어간 거야. 점심시간에 내가 좋아하는 음악 틀려고."

"아까 그, 누구더라, 그 영어 선생님이 방송반 샘이라 하는 것 같던데, 애들이."

"응, 피터 샘. 근데 자주 오진 않아. 방송반은 학생들이 주도적으로 해나가는 편이야. 그래서 좋아."

그래서 좋다고? 역시, 쿨걸이라 제이 샘에게는 별 관심 없나 보구나.

아침에 집에서 나올 때만 해도 나의 새로운 중학 생활에 이렇게 아름다운 꽃그늘이 드리울지 상상도 못 했는데, 아이, 참, 인생은 때로 살아볼 만한 것이다.

아오, 참, 한 치 앞을 내다보지 못하는 게 인생이라더니, 그 말이 딱 맞았다.

한 달도 채 지나지 않아 내가 제이 샘과 성원이에 대해 알게 된 것들은, 우선, 성원이는 전교 1, 2등을 왔다 갔다 하는 대단한 아이라는 것, 그런데도 성격이 소탈하고 화통해서 아이들은 물론이고 선생님들까지도 모두 성원이를 예뻐한다는 것, 그중에서도 특히 제이 샘은 수업 시간에도 성원이만 보면서 수업을 하고 성원이를 툭툭 치면서 실없는 농담을 할 만큼 성원이를 특별히 생각한다는 것, 그러나 성원이는 제이 샘에게 별 관심이 없고 오히려 제이 샘 같은 스타일을 좋아하지 않는다고까지 했다.

"영어 샘이 인기 많은가 봐."

나의 은근한 질문에 성원이가 아무렇지 않게 대답했다.

"그러게. 여자애들이 남자 보는 눈이 없어. 그치?"

"왜, 너는 영어 샘 별로야?"

"친절한 것 같지만 눈빛은 은근 차갑지 않아?"

제이 샘의 눈빛이 차갑다니, 그게 무슨 말이야. 봄이라지만 아직은 겨울 날씨인 이때에도 제이 샘만 보면 가슴속에서부터 따뜻한 온천수가 퐁퐁 솟아나는구먼.

"그리고."

성원이가 목소리를 조금 낮추며 장난스럽게 웃었다.

"향수를 너무 들이붓고 다녀. 윽."

그건 향수가 아니야. 제이 샘이라는 한 존재의 전신에서 뿜어져 나오는 아름다운 체취랄까.

"그럼 넌 어떤 스타일 좋아하는데?"

그랬더니 갑자기 얼굴에 딸깍 불이라도 켜진 듯 환한 기운이 피어나면서 은근한 목소리로 말한다.

"사실은 나, 상희 좋아해."

"상희?"

"체육부장 박상희."

누구? 말투며 행동이며 이름처럼 여자다운 정도가 아니라 아줌마스럽기까지 한, 단지 덩치가 크다는 이유만으로 체육부장이 된 박상희. 곰 한 마리를 연상시키는, 꼬마 곰이나 소년 곰이 아니라 엄마 곰 같은 박상희.

"너 지금 상희 별로라고 생각하는구나."

"어, 그런 건 아닌데…, 나는 걔가 어떤 매력이 있는지 잘 모르니까…."

얼버무리는 나에게 성원이가 말랑말랑 녹아내리는 눈빛으로 말한다.

"상희가 얼마나 착하고 순수한 영혼인지 너는 다 모를걸. 상희의 커다란 몸 안에 숨어있는 그 여리고 섬세한 감성. 너도 알고 나면 완전 감동할 거야."

착하고 순수한 영혼. 큰 덩치 안에 숨은 여리고 섬세한 감성이라.

넌 그게 보이니?

"상희하고는 예전부터 친했어?"

"뭐, 많이 친한 건 아니었어. 같은 반이 된 게 이번이 처음이니까."

"아니, 그럼 언제 그 영혼과 숨은 감성을 알아봤다는 거야?"

"그런 건 한순간에 알 수 있는 거 아니니? 너하고 나만 해도 오래 알았다고 해서 이렇게 말이 통하는 친구가 된 건 아니잖아."

그건 성원이의 말이 맞다.

전학 온 첫날 말을 텄던 성원이와 나는 이제 바늘과 실처럼 붙어 다니게 되었다. 단순히 바퀴벌레 한 쌍처럼 붙어 다니기만 하는 게 아니라 말이 통하고 마음이 통하는 소울메이트가 되었다고 할까. 그런 건 단순히 물리적인 시간으로만 이루어지는 관계는 아닌 것이다.

전학 온 첫날 학교 앞 건널목에서 처음 제이 샘을 만나 그 순간 사랑에 빠진 것만 해도 그렇다. 나는 제이 샘의 손가락에서 뻗어 나오는, 제이 샘의 가슴에서 풍기는, 그의 옷깃에서 풍기는 향기를 알아차렸고 (향수 아님!), 그걸 통해 제이 샘의 정갈한 내면과 따뜻한 인생관을 알아보지 않았나. 너무 큰 비약이라고? 아니다. 동물들이 냄새만으로 우월하고 건강한 유전자를 알아보아 짝을 맺으려는 것처럼, 그 순간 나는 제이 샘이 멋있고 좋은 사람이라는 것을, 그리고 제이 샘과 내가 특별한 관계를 맺게 된다는 것을 예감할 수 있었다.

나와 제이 샘이 반드시 연인이 된다거나 결혼을 하게 될 거라는 얘기는 아니다. 그럴 수도 있고 아닐 수도 있겠지. 그보다는 좀 더 큰 의미로, 제이 샘과 내가 생각이 통하고 서로의 마음을 이해하는 친구가 될 수 있겠다는 의미다. 서로의 진심을 알아주고 남들은 못 보는 내면의 아름다움을 알아봐주는 친구, 그런 친구는 많지 않다.

성원이는 자기가 상희에게 그런 사람이라고 말하는 것이다.

그런데 나의 제이 샘은 아직도 나보다는 성원이에게 관심이 있고 성원이를 더 예뻐라 하고 있으니, 이렇게 안타까울 데가… 아니야, 괜찮아. 제이 샘은 새 학기 첫날 아침에 처음 본 아이인 내 이름을 불러줬잖아.

이건 비밀인데, 가끔 마음이 소용돌이치는 어떤 밤이면 보내지 못할 편지를 쓴다.

제이 샘, 오오, 제이 샘.

사랑이란 걸 해본 적이 없어서 선생님을 좋아하는 지금의 내 마음이 얼마나 진실하고 심각한 사랑인지 사실은 잘 모르겠어요.

하지만 이것 하나만은 확실해요.

선생님이 웃는 게 좋아요. 선생님을 많이 웃게 하고 싶어요. 선생님이 나 때문에 눈주름을 만들며 웃었으면 좋겠어요. 선생님 웃는 눈주름을 계속 보고 싶어요. 선생님을 슬프게 만드는 어떤 일이 있다면 내가 다 무찌르고 해결할 거예요.

이런 내 마음을 알아주면 안 되나요? 나를 사랑해주면 안 되나요? 내 이름 한번 불러주고, 내 머리 한번 쓰다듬어주고, 나를 보면서 한번 웃어주세요.

내가 선생님 바라볼 수 있는 곳에 언제나 있어주세요. 오, 나의 제이 샘.

그러고 나서 봉투에 편지지를 넣고 단단하게 붙여 책상 맨 아래 서랍에 놓아둔 비밀 상자에 넣어둔다. 어렸을 때에 거기에 넣어둔 '우정의 서약서'나, 엄마가 보내준 생일 카드 같은 것들을 모두 버려 깨끗해진 상자에. 그러면서 나는 잠시 편지 봉투를 부러워하는 것이다.

내가 만약 편지 봉투라면 선생님은 나를 살짝 들어 올려 그 기다란 손가락으로 살살 뜯어주겠지. 어쩌면 재킷의 안주머니에 나를 넣어 다닐지도 몰라. 아아, 나는 편지 봉투가 되고 싶어라.

편지 봉투가 된 나를 살살 뜯어주는 제이 샘의 손가락을 상상하며 혼자 비실비실 웃고 있는데 옆에서 성원이가 진지한 목소리로 묻는다.

"그래서 말인데, 언제 내가 상희에게 먼저 고백해보려고."

"아니야, 그러지 마."

나도 모르게 소리치자 성원이가 눈을 크게 뜨고 말한다.

"왜? 꼭 남자가 먼저 고백해야 되는 건 아니잖아."

"그런 얘기가 아니라, 짝사랑만 하라고. 짝사랑이 더 좋아."

"그건 또 무슨 소리야?"

"어차피 내가 원하는 그대로를 나 아닌 다른 사람에게서 받을 순 없어. 상희가 너하고 좀 더 특별한 관계가 생길수록 너는 뭔가 더 아쉽고 서운한 마음이 생길 거야. 내가 원하는 바로 그대로를 말해주고 바로 그것을 해주는 사람은 없으니까. 내 마음을 제대로 이해하는 건 나밖에 없잖아. 때론 내 머리로 내 가슴이 이해되지 않는데, 어떻게 다른 사람이 내 가슴을 이해하고 내가 원하는 바로 그것을 채워주리라 기대할 수 있겠어? 그러니 그냥 혼자서만 좋아 하라고. 그것만으로도 충분히 행복할 수 있잖아."

성원이가 뻥튀기를 씹다 말고 놀란 표정으로 나를 보더니 말한다.

"기집애, 어디 가서 도를 닦고 왔나?"

그런데 어쩌면, 제이 샘과 나의 관계도 그런 게 아닐까.

제이 샘이 나를 좋아하고, 사랑하게 되고, 세상의 모든 역경을 뛰어넘어 우리가 연인이 될 확률은? 솔직히 그건 현실 속에선 거의 불가능한 일이다.

하지만 그렇다고 좋아하면 안 된다는 법이 있나? 좋아하는 내 마음을 삭둑 잘라버리거나 콱 틀어막을 수 있나? 안 된다. 자꾸만 솟아오른다. 그치지 않고 흘러내린다. 그저 혼자서 몰래 좋아하는 것뿐인데 수소 풍선을 매단 것처럼 마음이 둥실 떠올라 버린다. 제이 샘이 그렇게 해준다. 그것만으로도 행복하고 아름답다.

어쩌면 내 첫사랑도 아름다운 짝사랑으로 끝날지 모르겠군.

괜찮다. 좋다.

… 싫어. 안 돼.

대개, 사랑하는 사람에게 상처를 받지 별로 관심 없는 사람에게
는 상처도 받지 않는다. 그런데 왜 그럴까. 나에게 상처를 주는 사
람이라면 사랑하지 않으면 그만일 텐데 우리는 아파하면서도 계속
사랑한다. 사랑이 상처보다 크고 소중하기 때문일까. 정말 사랑한다
면 상처쯤은 꿀꺽 삼켜버리고 소화시켜야 하는 걸까.

오늘은 1교시에 영어가 있는 날.

수업에 들어온 제이 샘의 분위기가 다른 날과 조금 달랐다.

다른 아이들은 눈치채지 못한 것 같지만 나는 알 수 있었다.

평소와 다름없는 활기찬 목소리, 늘 그래 왔던 고급한 유머와 명
랑한 조크, 변함없이 자연스럽게 넘어간 헤어스타일. 그렇지만 그
안에 어떤 우울이, 쓸쓸함이, 외로움이 스며있는 것을 나는 느낄 수
있었다. 그런 것을 남에게 들키지 않으려고, 또는 자기 스스로 그것
을 인정하지 않으려고 오히려 과장되게 웃고, 힘차게 걸어가고, 쓸
데없는 일에 집중하며 열심을 내는 모습이 내 눈에는 보였다.

점심시간에도 교사용 급식실 문틈으로 남몰래 제이 샘을 살펴
보고, 쉬는 시간에도 괜히 복도를 왔다 갔다 하면서 다른 교실에서

나오는 제이 샘의 안색을 훔쳐봤다.

몸개그를 해서라도 제이 샘을 웃길 수만 있다면 복도에서 바보처럼 자빠지거나 공벌레처럼 몸을 말고 굴러다니고도 싶었지만 제이 샘이 감추려는 그 무언가가 무엇인지 모르기에 그럴 수도 없었다. 무슨 일일까? 힘내요, 제이 샘. 웃어요, 제이 샘.

하루 종일 즐거운 일도 없고 입맛도 없고 온 마음에 구름이 낀 것처럼 답답했는데 실마리는 성원이에게서 풀려 나왔다.

"오늘 방송부 모임이 있어. 떡볶이 먹으러 가고 싶은데."

"기다릴까? 도서관에 있을게."

"정말? 아이, 짜식. 언니가 너 마이 사랑한다."

성원이가 방송부 교실로 들어가고 나는 잠시 도서관으로 가는 척하다가 복도 끄트머리 꺾어지는 부분, 고개를 내밀면 방송반이 보이는 자리의 계단에 앉아 책을 읽는 척하고 있었다. 모든 촉수는 온통 방송반을 향해 뻗쳐두고서, 혹시라도 제이 샘의 기척이 있는지 오감을 통해 느껴보려고 신경을 기울인 채로.

그런 내 앞에 갑자기 제이 샘이 비닐봉지를 덜렁덜렁 흔들면서 나타났다.

"조수아. 여기서 뭐 해?"

예상치 못한 방향에서 제이 샘이 나타나 내 이름을 불러주자 나는 잠시 정신이 멍해지면서 뭔가 잘못한 게 있는 아이처럼 무슨 말을 할지 몰라 횡설수설하고 있었다.

"제가, 도서관에 가려고 했는데, 어, 그게 아니라, 친구 기다리는 건데요, 성원이요…"

"아이스크림 먹을래?"

제이 샘이 비닐봉지 안에서 아이스크림을 하나 꺼내 나에게 내밀었다.

어리벙벙한 표정으로 아이스크림을 받아 들고는 멍청하게 서있던 나는 방송반으로 들어가려는 제이 샘의 뒤통수에 대고 갑자기 소리쳤다.

"선생님!"

제이 샘이 뒤를 돌아 '왜?' 하는 표정을 지었다.

"오늘, 뭐, 안 좋은 일 있으세요?"

"응?"

"아침부터 별로 기분 안 좋아 보이셔서요."

"내가?"

"네, 좀 그런 것 같아서요. 제 느낌에요."

제이 샘이 아무 말을 하지 않고 차분한 표정으로 가만히 나를 봤다.

"힘내세요, 선생님."

정말 쉽지 않았지만 발가락 끝을 오므리며 용기를 쥐어짜 마지막 한마디를 했다.

오, 어떡하지? 드디어 제이 샘이 나를 알아보는구나. 내가 학교의 많은 다른 아이들하고는 다르다는 걸, 수많은 학생들 중 한 명이지만 결코 그렇지 않다는 것을 이제 알게 된 거야.

이때껏 선생님의 영혼까지 이해하고 사랑하고 격려해준 사람 있었나요? 제가 바로 그 사람이랍니다, 선생님.

드디어 제이 샘이 미소를 지으며 내 이름을 불렀다.

"조수아."

"네." (아, 떨려. 어떡해.)

"안 그렇게 봤는데 은근 오지랖의 여왕이네. 고마워."

"!" (털썩.)

아이스크림을 핥으며 터덜터덜 집으로 걸어오는 길이 눈물 때문에 뿌옇게 보였다.

울지 마. 왜 울어? 제이 샘한테 아무 힘든 일 없다니 잘된 거 아니야? 어쩌면 정말 무슨 일 있는데 그걸 네 앞에서 뭐라 하면 좋을지 몰라 괜히 그렇게 말한 것일 수도 있어. 만약 그렇다면 지금쯤 제이 샘은 네 생각 하고 있을 거야. 조수아가 내 마음을 어떻게 알아봤을까 하면서. 어쨌든 오늘 제이 샘과 너는 한 걸음 더 가까워졌어. 제이 샘이 너에게 아이스크림도 주고 고맙다며 웃었잖아. 다음에 너를 보면 제이 샘은 '조수아, 오지랖의 여왕!' 하면서 장난을 칠지도 몰라. 그럼 넌 부끄럽다는 듯이 '아이, 참.' 하면서 웃으면 되는 거야. 아이스크림이 달콤하기도 하구나. 울지 마. 울 것 없어.

그런데 이렇게 마음에 상처를 받고 부끄러움을 느꼈으면서도 제이 샘을 좋아하는 마음은 변하지 않다니, 그것도 참으로 놀랍고 무서운 일이었다.

아니라고 했지만 내가 보기에 오늘 제이 샘은 분명히 뭔가 많이 가라앉아 있었다.

가끔 그럴 때가 있다. 소리치거나 화내는 대신 더 크게 하하 웃고 성큼성큼 빠르게 걸어가는 것 같은 모습, 가만히 창밖을 보는 것 같지만 어딘가 그늘이 진 것처럼 서늘하게 변하는 표정, 뜻밖의 상황에서 문득 발갛게 달아오르거나 물기가 감도는 눈빛, 정확히 알지는 못하지만 뭔가 내 느낌이 맞을 것 같아 가슴 두근거리는 상상들.

제이 샘은 어떤 사람일까. 제이 샘은 어떤 때에 화가 나고 어떤 일에 상처받을까.

제이 샘에 대해 더 많이 알고 싶다. 제이 샘에 대한 모든 것을 알고 싶다. 제이 샘을 행복하게 만들어주고 싶다. 나에게 있는 것을 무엇이든 주고 싶고, 내가 할 수 있는 일이 있다면 뭐든지 하고 싶다. 가끔 이런 미친 상상도 한다. 내가 제이 샘에게 간이나 신장을 이식해주는. 그러면 나는 영원히 제이 샘의 일부가 되어 그에게 속해있을 수 있다는.

무엇이든 하고 싶고 아무 거라도 되고 싶다. 제이 샘의 우렁 각시, 제이 샘의 수호천사, 제이 샘을 도와주고 기쁘게 만드는 그 무엇이라도 되고 싶다. 제이 샘이 나로 인해 완벽한 행복을 맛보게 된다

면, 그래서 한 점 그늘 없이 백 퍼센트의 웃음을 웃는다면 나는 그
자리에서 녹아 없어져도 좋으련만.

아이스크림이 녹아내려 이리저리 핥으면서 눈물과 콧물을 함께
삼키는데 전화벨이 울렸다. 성원이다.

"어디야?"

"어, 나 집에 가는 중."

"기다린다며?"

"그러게. 그런데, 어허엉…."

"수아야, 왜 그래? 왜 울어?"

"어허엉, 엉엉……."

성원이는 애타게 내 이름을 부르고, 아이스크림은 줄줄 녹아내리
고, 제이 샘을 사랑하지만 오지랖만 넘치는 바람에 부끄러움을 당
한 나는, 그래도 여전히 제이 샘을 사랑해서 길바닥에 서서 엉엉 울
고 있었다.

역시 내 느낌이 맞았다. 제이 샘에겐 이유가 있었다.

그리고 제이 샘과 나는 영원히 '우리'가 되지 못한다.

우리는 그냥 '남남'이 될 것이다. 엄마와 나처럼.

여름방학이 얼마 남지 않은 어느 날, 아침에 교실에 들어서는데
여자애들이 모여서 떠들고 있는 게 보였다.

"대학 후배였다는데?"

"영문과?"

"그런가 봐."

정확하게 제이 샘 이름이 나온 건 아니지만 뭔가 선명하게 불안한 기분이 예리한 손톱처럼 마음을 긁었다.

"무슨 얘기야?"

"피터 샘 결혼하고, 학교도 그만둔다는 소문이야."

"성원아, 너 방송반이니까, 무슨 얘기 들은 거 없어?"

"글쎄, 애인 있는 것 같긴 했는데, 잘 모르겠네."

성원이가 아무렇지도 않은 얼굴로 대답했다.

그렇구나. 그랬구나, 애인이 있었구나.

그런데, 학교도 그만둔다고? 왜? 그건 아닐 거야.

마음이 허탈하고 힘이 쫙 빠지면서 뭐랄까, 내 존재가 넓은 우주 공간의 블랙홀 속으로 빠져든 것처럼 눈앞이 캄캄하고 정신이 없었다. 너무 오래전이라 정확하진 않지만 전에도 이런 기분 느낀 적 있었다. 엄마가 떠날 때였나. 낯설진 않지만 아주 좋지 않은 기분.

어떡하지, 어떡하지.

어떡하긴 뭘 어떡해. 제이 샘이 결혼도 안 하고 너 기다려줄 줄 알았어?

그래, 그런 건 아니지. 그렇지만, 나 어떡해.

4교시 영어 수업 전까지 오전의 다른 수업들은 뭘 한 건지도 모르는 상태에서 휘릭휘릭 넘겨버리고 드디어 영어 시간이 되었다.

교실 문을 열고 제이 샘이 들어서자 아이들이 책상을 두드리며 일제히 소리를 질러댔다.

으아. 꺄아. 축하해요. 안 돼요. 으아으아.

그런데 싱글벙글 웃으며 들어오는 제이 샘이 평소와는 좀 달라보였다. 여자한테 홀려서 어딘가 나사 하나가 풀린 바보 같다고 할까. 젤을 바른 머리 모양도 조금 촌스러워 보였다.

아이들의 성화에 제이 샘이 러브 스토리를 늘어놓았다. 자기에게는 특별하겠지만 듣는 사람에게는 너무도 뻔한, 흔한 스토리였다.

제이 샘이 내가 아닌 다른 사람과 짝이 된다니, 이제 제이 샘과 나는 영원히 아무 상관없는 사이가 돼버리다니 슬퍼서 눈물이라도 나올 줄 알았는데, 이상하게도 내 마음은 비정상적으로 차분해져 갔다. 아이들 앞에서 유치하게 사랑 얘기를 떠벌이는 제이 샘을 냉정하게 바라보는 나 자신이 놀랍기도 하면서 자랑스럽기도 했다.

이거 보셔, 제이 샘. 난 아무렇지도 않아. 내가 뭐, 울고불고할 줄 알았겠지? 전혀. 네버!

"학교는 왜 그만두세요?"

"유학가신다면서요? 정말이에요?"

"아주 그만두는 건 아니야. 공부 더 하고 다시 돌아올 거야. 그때쯤이면 니들 전부 대학생 돼있으려나? 재수생 되어있으면 혼난다. 하하."

그렇구나. 학교도 그만두고, 다른 여자랑 다른 나라로 가는 거구나.

더 이상 이 학교에 제이 샘이 없다. 이 나라에도 없다. 제이 샘과 나는 다른 하늘 밑에서 살아가게 된다. 내가 눈뜨고 밥 먹는 시간에 제이 샘은 다른 곳에서 다른 모습으로 산다.

제이 샘이 없는 봉일중학교는 어떨까. 쓸쓸하겠지. 허전하겠지.

돌이켜보면, 중 2에 갑자기 전학을 오게 돼 암담해하던 나를 첫날부터 구원해준 건 제이 샘이었다. 제이 샘 덕분에 낯선 봉일중에 호감이 생겼고, 성원이와 친구가 되면서 한결 즐거운 학교생활을 할 수 있었다.

이제 제이 샘이 떠나면 내가 학교에 올 이유는 성원이뿐이다. 성원이가 있으니 완전히 혼자라는 기분이 들진 않겠지만, 그래도 재미없을 거야. 낯선 선생님이 들어오는 영어 시간이면 한 번씩 눈물 날 거야. 보고 싶을 거야.

할 수만 있다면 제이 샘을 따라가 그 여자와 같이 사는 집 커튼이 되고 싶다. 제이 샘이 행복하게 사는 모습을 지켜보고, 늦잠 자는 어느 아침이면 햇살을 한 겹 막아 편안히 자게 해주고 싶다.

나를 사랑하지 않아도 좋아. 제이 샘을 계속 볼 수 있다면, 행복해서 웃는 제이 샘의 얼굴을 볼 수 있다면, 그러면 나도 행복해서 웃을 텐데.

차갑게 굳는 듯했던 마음이 다시 확 무너져 내리면서 울컥, 눈물이 나올 것만 같았다. 변덕스럽게 왔다 갔다 하는 내 마음이 스스로 봐도 기가 막힐 지경이었다.

어떻게 주체할 수 없을 정도로 심하게 요동치는 마음을, 순간순간 널뛰기 하듯 오르내리는 마음을 간신히 붙들고 정신없이 한 시간을 보냈다. 인사를 하고 제이 샘이 나가는데 나도 모르게 복도로 쫓아나갔다.

"저기, 선생님…."

"어, 그래, 조수아. 안 그래도 너한테 할 말 있었어."

"저한테요?"

"저번에 니가 나보고 기분 안 좋아 보인다고 한 날 있었지?"

오지랖 데이다.

"그때 사실은 헤어진 다음 날이었거든. 근데 니가 나보고 힘내라고 했잖아. 힘내세요, 선생님, 하고 말하는 니 눈빛이 뭔가 내 마음을 건드리더라고. 그래서 그날 다시 찾아가서 담판을 지었지. 그리고 전격 결혼, 짜잔."

제이 샘이 웃는데 눈가 주름이 달콤하게 접힌다.

내가 맞았어. 제이 샘의 영혼까지 들여다보며 사랑한다고 생각했던 게 나만의 착각이 아니었어. 내 사랑은 진짜였어! 하지만 그 때문에 제이 샘과 내가 영원히 다른 길을 가게 되었으니.

"고맙다, 조수아."

제이 샘이 나에게 고맙다고 말한다.

저도 고마워요, 제이 샘. 정말 고맙습니다.

이제 제이 샘이 떠나도 나는 괜찮을 것 같다.

보고 싶고, 한 번씩 눈물 나고, 비 맞은 빨래처럼 축 처지는 날도 있겠지.

하지만 제이 샘을 사랑해서 행복했던 날들의 기억이, 내 영혼의 모든 기운을 끌어 모아 좋아했던 마음이, 내 이름을 불러주고 고맙다고 말해준 제이 샘의 목소리가 언제나 내 등 뒤에 남아있을 거다. 그러니 조금 슬프긴 해도 아주 절망할 필요는 없다.

언젠가 엄마가 편지에 썼었다. 사랑은 어떤 단어 속에 들어있는 게 아니라고. '사랑'이라거나 '가족'이라는 말로 진짜 사랑을 증명할 수 있는 건 아니라고. 사랑은 그냥 느끼는 거고 느끼는 것을 믿는 마음이라고 했다. 웃기는 짬뽕 같은 소리라 생각했는데 어쩜 그 말이 맞을지도 모르겠다.

제이 샘과 나는 '서로 사랑하는 우리'도 아니고 아무런 특별한 관계도 아니다.

하지만 제이 샘은 내 마음 속 서랍 맨 아래 비밀 상자 안에 영원히 들어있을 거다.

내 존재도 제이 샘의 인생에서 작지만 하찮지 않은 그 무엇이 될 거라고, 나는 그렇게 확신한다.

안녕, 내 사랑. 내게로 와서 내 이름을 불러주어 참 고마웠어.

특별한 꿈이나 장래희망이 없다는 청소년을 만났습니다. 아이 엄마도 걱정을 했어요. 딱히 되고 싶은 것이나 잘하는 게 없어요. 그냥 평범해요. 춤추고 노래하는 거 좋아하니까 가수 해볼까? 에이, 가수를 아무나 하나. 노트 구석구석에 그림(=낙서) 잘 그리는데 디자이너는 어때? 근데, 그러려면 진작부터 미술학원 다녔어야 하는데, 미대 가기 쉽지 않다던데 그것도 틀렸어.

나는 격려랍시고 이런 말을 했어요. 괜찮아. 꿈이 있어봐야 반드시 그대로 되는 것도 아니야. 그럭저럭 재미있게 살면 되지.

허무하고 맥 빠지는 나의 위로에 엄마와 아이 둘 다 실망한 것 같았지만, 내 말은 진심이었습니다.

사실 그렇지 않나요? 뭔가 큰 꿈을 안고 진취적으로 나아가는 건 멋진 일이지만 그렇다고 세상사람 모두가 다들 훌륭하고 대단한 일을 하는 건 아니거든요. 열심히 성실하게 살아야만 의미 있는 인생인 것도 아니고, 꿈이라는 게 다 이루어지는 것도 아니잖아요.

세상은 참으로 공평해서 설령 목표를 이루고 꿈꿨던 것처럼 멋진 인생을 산다 해도 그 인생의 또 다른 부분에서 구멍이 생길 수밖에 없다는 게 내 생각입니다. 나만 모든 걸 다 가질 수는 없는 거죠. 제일 크고 중대한 하나를 붙잡고 나머지는 놓아버리거나(이 경우 여기저기 크고 작은 구멍들이 생길 수밖에 없습니다), 소소하지만 잃어버릴 수 없다고 생각하는 작은 것들을 위해 커다란 것이라도 때론 접어두고 넘어가거나… 하는 수밖에 없겠죠.

어떤 경우에도 구멍은 존재합니다. 어느 쪽 구멍이 지혜로운 선택인가, 어느 쪽이 후회하지 않겠는가, 궁리해보지만 머리 아프게 연구해봐야 알 수 있는 것도 아니더라고요. 내가 할 수 있는 최선의 길은 그냥 흐르는 대로 살아가는 것. 그러면서 알게 되는 것. 뒤늦게 아, 난 정말 바보였어, 후회할 수도 있겠지만 그땐 또 그 나름의 좋은 일도 있을 거라 생각합니다.

뭔 놈의 작가의 말이 이렇게 영양가 없는 소리로 가득한가, 싶겠지만, 그러니까 내가 하고 싶은 말은 이거예요. 우리는 모두 지금 이 모습 이 상태 그대로 행복할 수 있다는 것. 반드시 더 나은 무언가로 변해야만 하는 건 아니라는 것. 다만 내가 태어난 데에는 의미가 있고 소명(calling)도 있는데 그게 뭔지 금방 알아내긴 어려우니 우왕좌왕 궁리하며 찾아보면 좋겠다는 것.

나는 가끔씩 하늘을 올려다봅니다. 아주아주 높은 곳 그 어딘가에 계신 분의 시각으로 우리 사는 세상을 내려다볼 수 있다면, 지금 죽고 싶도록 심각하고 커다란 문제도 실은 별거 아닌 작은 코딱지일 수도 있으니까요. 너무 한심해서 쪽팔리고 짜증나는 일이 머지않아 꽃처럼 피어나게 될 씨앗인지도 모르니까요.

내가 쓴 소설이 공모에서 뽑혀 작가가 된 것만 해도 좋았는데 이렇게 예쁜 책 한 권이 버젓이 나오다니 놀랍고 감사합니다. 이때까지 그랬던 것처럼 적당히 그럭저럭 살아가면서, 한 권 더, 한 권 더, 조금씩 더 좋은 책을 써보고 싶습니다. 뭐, 잘 안 될지도 모르지만, 그래도 무언가 괜찮은 일도 있을 거라 생각합니다.

2015년 5월 장 미